o coração atrás da porta

Bianca Briones
O coração atrás da porta

1ª edição

BERTRAND BRASIL

Rio de Janeiro | 2022

CIP-BRASIL. CATALOGAÇÃO NA PUBLICAÇÃO
SINDICATO NACIONAL DOS EDITORES DE LIVROS, RJ

B871c   Briones, Bianca, 1979-
         O coração atrás da porta / Bianca Briones. – 1. ed. – Rio de Janeiro : Bertrand Brasil, 2022.
         23 cm.

         ISBN 978-65-5838-088-7

         1. Romance brasileiro. I. Título.

22-75541   CDD: 869.3
                            CDU: 82-31(81)

Camila Donis Hartmann – Bibliotecária – CRB-7/6472

Copyright © Bianca Briones, 2022

Texto revisado segundo o novo Acordo Ortográfico da Língua Portuguesa.

Todos os direitos reservados.
Não é permitida a reprodução total ou parcial desta obra, por quaisquer meios, sem a prévia autorização por escrito da Editora.

Direitos exclusivos de publicação em língua portuguesa somente para o Brasil adquiridos pela:
EDITORA BERTRAND BRASIL LTDA.
Rua Argentina, 171 — 3º andar — São Cristóvão
20921-380 — Rio de Janeiro — RJ
Tel.: (21) 2585-2000

Seja um leitor preferencial. Cadastre-se no site www.record.com.br e receba informações sobre nossos lançamentos e nossas promoções.

Atendimento e venda direta ao leitor:
sac@record.com.br

Dedico este livro a todos que perderam alguém que amavam, antes, durante e depois da pandemia. Em especial a minha tia Edilena, que sofreu uma perda atrás da outra e ainda encontrou força e motivo para continuar. Você é uma inspiração.

1
Julia

> "I am outside and I've been waiting for the sun
> With my wide eyes, I've seen worlds that don't belong
> My mouth is dry with words I cannot verbalize
> Tell me why we live like this."*
>
> Paramore, *We Are Broken*

Um punho fechado acerta meu rosto. Eu mal tenho tempo de respirar, quanto mais de me encolher. Meu cérebro leva alguns segundos para processar. Eu caí? E, se eu caí, de onde vêm os golpes que estão atingindo meu abdômen?

— Isso é para você aprender a me respeitar!

Não reconheço a voz. Sei que é meu namorado. Mas não reconheço nem a voz nem o homem. Como ele pôde? O que está acontecendo?

Tento formular uma frase, enquanto coloco as mãos sobre minha barriga em uma tentativa inútil de me proteger. Enquanto isso, sou tomada por uma ânsia de vômito. Eduardo se afasta, evitando que o líquido o atinja. Um dos meus olhos não quer abrir. Toco a massa inchada que se forma. As pontadas de dor na cabeça fazem com que eu me encolha ainda mais.

---

* Eu estou do lado de fora e eu estive esperando pelo sol/ Com meus olhos bem abertos, eu vi mundos que não faziam sentido/ Minha boca está seca com palavras que não consigo verbalizar/ Me diga por que nós vivemos assim.

— Que nojo! Olha só essa bagunça. Como se não bastasse você me desobedecer, ainda me fez perder o controle... — Há arrependimento em sua voz?

O que eu fiz? Ah, a música... Ele disse pouco antes de tudo acontecer que eu não devia cantar em público. Isso atraía olhares lascivos para mim, foi o que ele esbravejou enquanto me arrastava pelo braço para dentro da nossa casa e me arremessava contra o sofá gasto.

Ouço o molho de chaves tilintar como as badaladas de um sino. Sinal de solidão. Isso, eu reconhecia. Quando brigávamos — o que vinha acontecendo muito ultimamente —, esse som indicava que Eduardo sairia sem hora para voltar. Ele nem sempre voltava sóbrio. Às vezes, expressava agressividade em suas palavras, mas nunca, nunca, nunca deixava que ela explodisse sobre mim. Até agora.

A porta se fecha e em seguida se abre novamente com o impacto da batida. Eduardo se foi e eu não sei onde estou. Eu me perco entre passado e presente. Volto no tempo. Meu padrasto. Minha mãe. Violência. Prometi a mim mesma que nunca aceitaria sofrer agressões, de nenhum tipo. E olha só para mim agora...

Tento buscar os sinais de que isso aconteceria. Tento me lembrar da primeira briga, mas estou tonta e mal consigo me concentrar. Será que tudo começou daquela vez que ele reclamou da blusa um pouco decotada? Ou quando contei que o carteiro estava ficando meu amigo e ele me pediu que agisse como mulher casada? Eduardo também já tinha falado que não gostava quando eu cantava, mas essa era uma coisa que eu adorava fazer, principalmente quando tia Maria me acompanhava. Nunca imaginei que ele fosse reagir assim. Bom, acho que tentar entender o que pode ter motivado essa agressão não vai mudar o que acabou de acontecer.

As lágrimas rolam livres. A consciência traz de volta a dor do luto de ter perdido minha mãe, somando-a à dor que assola todo o meu corpo.

Eu me encolho no chão. Parece que fui partida e meus pedaços precisam se unir novamente. Será que, se eu ficar quietinha, vou acordar e descobrir que foi apenas um pesadelo?

2

Daniel

> "I've got sunshine on a cloudy day
> When it's cold outside
> I've got the month of May
> I guess you'll say
> What can make me feel this way?
> My girl (my girl, my girl)
> Talking about my girl (my girl)."*
>
> THE TEMPTATIONS, *My Girl*

— Oi, papai... — A voz de Giulia não é mais do que um sussurro, enquanto sua mãozinha fria procura a minha.

Adormeci sentado na poltrona, com minha cabeça apoiada na cama em meio a uma prece para que Deus não tirasse minha menina de mim. Sonhei com uma cura, mas a realidade me destrói em um instante. O quarto de hospital, as máquinas que ajudam a manter minha filha viva, a medicação descendo até o bracinho fino e delicado dela.

Giulia foi diagnosticada com osteossarcoma — um tumor ósseo maligno — há seis meses. Um dia depois de completar cinco anos. Ela teve

---

* Eu tenho a luz do Sol num dia nublado/ Quando está frio lá fora/ Para mim é mês de maio/ Eu acho que você perguntaria/ O que pode me fazer sentir desse jeito?/ Minha garota (minha garota, minha garota)/ Falando sobre minha garota (minha garota).

acesso a excelentes médicos e ao melhor tratamento, mas nada disso evitou este momento em que qualquer batida do coração pode ser a última.

— Oi, minha pequena. Como está se sentindo? — Passo a mão por meus cabelos, arrumando os cachos soltos, tentando me ajeitar um pouco. Eu não saí deste quarto nos últimos dois meses, enquanto a vida de Giulia escoava como areia finita em uma ampulheta. Não tenho cabeça para mais nada.

— Um pouquinho cansada... — Ela sente dificuldade em se manter acordada. Sua pele pálida está a ponto de evidenciar os vasos sanguíneos.

— Cadê a mamãe? — pergunta ela enquanto eu envio uma mensagem à Rebeca, minha esposa.

Ela é médica e atende em dois hospitais como clínica geral, um deles é este em que estamos.

— A mamãe já vem, meu anjo.

Se ela não estiver cuidando de alguma emergência, chegará rápido. Emergência... O que poderia ser mais urgente do que estar com a filha que pode nos deixar a qualquer momento?

Rebeca sempre foi assim, muito mais prática que eu. Acho que por isso profissões tão diferentes. Ela médica, eu escritor. Sou autor de romances e roteirista. Ultimamente, escrevo aqui no hospital, enquanto Giulia dorme, o que vem acontecendo com bastante frequência, mas, em contrapartida, minha inspiração só diminui. Não me vejo escrevendo mais nada se Giulia partir. Se... Quando. Me corrijo mentalmente, relembrando a última briga com Rebeca sobre eu não aceitar o óbvio. Eu sou um sonhador. Enterrar uma filha não faz parte da vida de um sonhador. Eu sinto como se estivesse morrendo com a minha menina.

Nosso casamento está passando por uma crise que ambos sabemos como terminará. Já estávamos imersos nela antes da doença de Giulia, mas conversamos e decidimos que um divórcio naquele momento não seria nada bom para nossa filha. Nosso relacionamento também está na iminência da morte.

Eu me levanto e afago a cabeça de Giulia. Não há mais cabelos. Eu me lembro de quando eu enrolava um cacho dela no meu dedo. Ela adorava esse tipo de carinho desde bebê.

— Conta uma história? — Ela dá um sorriso tímido. É como se ela precisasse me confortar, me distrair do que estamos vivendo.

Sorrio, beijando sua testa, e atendo seu pedido. Giulia é a admiradora número um das minhas criações. Agora, conto-lhe sobre a princesa que virava dragão na lua cheia e que usava isso a seu favor, protegendo a quem amava.

— Quero voar como Gigi Luria — ela cita a protagonista da história, a quem nomeou com seu apelido. Sua mão fria alcança a minha sobre a cama.

— Vai voar, Gigi. — Sufoco o choro que acompanha o aperto no peito. Não quero que ela me veja desabando e pense que não pode mais ter esperança.

— Mamãe, eu te amo pra sempre... — sussurra ela, quando vê a mãe entrando no quarto. — Te amo pra sempre, papai — Ao ouvir a máquina conectada a Giulia apitar, meu coração congela e meu olhar cruza com o de Rebeca.

— Não — murmuro, quando o restante da equipe médica invade o quarto.

A Dra. Rebeca está em ação, ela assume seu lado profissional para lutar por mais algum tempo para a filha. Eu observo tudo, inerte. Nenhuma história que eu possa criar salvará nossa filha. Nenhuma história será capaz de descobrir a cura.

Um dos enfermeiros balança a cabeça de um lado para o outro e desabo de joelhos ao lado da cama.

— Não diga, Rebeca. Não diga! — Eu encaro seu rosto tomado pelas lágrimas. Se ela disser, se tornará real.

Sem se mover, Rebeca parece estar em choque. Entendo sua dor como ninguém.

Encosto meu rosto na cabeça de Giulia e aperto sua mão entre as minhas. Nossa menina se foi e levou meu coração consigo.

Ao longe, como se viesse de outro mundo, a voz do médico diz:
— Hora da morte: 16h46.

3
Julia

> "Where are you now?
> Where are you now?
> Where are you now?
> Was it all in my fantasy?
> Where are you now?
> Were you only imaginary?"*
>
> ALAN WALKER, *Faded*

A recepção do hospital está cheia. Fecho os olhos, minha respiração está ofegante e meu coração acelerado. Mal consigo ouvir o que Lucia, minha melhor amiga, diz à recepcionista ao entregar meus documentos. Eu trabalho como auxiliar de enfermagem em um hospital, mas não é lá que vou ser atendida. Estou no Pronto Socorro Central da cidade. Parte de mim agradece por não estar em um lugar onde me reconheceriam. Estar aqui já é doloroso e humilhante o suficiente. Não entender como permiti que a situação chegasse a esse ponto me inunda de culpa.

Aperto os lábios tentando encaixar os fatos e voltar para o momento em que tudo fazia sentido: antes de ser espancada pelo meu namorado.

---

* Onde você está agora?/ Onde você está agora?/ Onde você está agora?/ Foi tudo minha fantasia?/ Onde você está agora?/ Você era apenas imaginário?

O lado direito do meu rosto está muito inchado e o sangue seco ajuda a compor uma aparência assustadora. Uma senhora me encara com pena. Tia Maria, mãe da Lucia, não para de falar ao celular. Ela não é minha tia de verdade, mas a chamo assim desde criança. Maria era amiga da minha mãe e, quando cheguei do interior para estudar enfermagem, morei em sua casa por uns anos.

— Pois bateu, João. Bateu. Estou te contando porque sei que a Julia não vai contar e eu não tenho força suficiente para segurar aquele miserável do Eduardo. Eu sabia que aquilo lá não prestava desde o dia em que ele fez a menina trocar de roupa. Fez, fez, sim. Ela não te contou? Tô te falando, João, os filhos crescem e escondem as coisas da gente porque acham que precisam ser fortalezas. Eles não entenderam ainda que adultos são fracos vez ou outra, e que a força de quem nos ama é o que nos sustenta nessas horas. Sim, momentos de fraqueza fazem parte da vida. É claro que ela não vai voltar para casa. Sei lá o que ela pensa a respeito, homem, mas não volta, não. Eu vi esses dias no Facebook assim: "Em briga de marido e mulher você salva a mulher." Ah, se eu tivesse agido assim antes... — Sua voz embarga e sei do que ela se lembra: daquilo que jamais vou esquecer. — Eu não vou deixar a história se repetir.

Ela encerra a ligação e olho para os meus pés. Não me lembro de ter calçado os tênis.

— Seu pai vai comprar a passagem hoje mesmo para vir para cá.

Ela não me pergunta se estou chateada por ter minha privacidade violada e eu não estou. Aprendi há muito tempo, com tia Maria, que a família vem quando a família precisa. Então não faria sentido esconder algo assim do meu pai, mesmo sabendo que um senhor de setenta anos não pode fazer muita coisa contra um policial com metade da sua idade.

— Você não está pensando em perdoar o traste, está? — pergunta ela, ressabiada, quando Lucia retorna e se senta do meu outro lado.

Minha resposta é balançar a cabeça de um lado para o outro, o que faz a dor aumentar, então solto um gemido.

— Muito bem. Você sabe o que acontece quando se volta para um homem violento.

— Mãe! — Lucia a recrimina.

Meus pais se separaram quando eu tinha seis anos. Acredito que tenha sido porque minha mãe se cansou de apoiar as ideias mirabolantes do meu pai. Quando eles eram jovens, ela o acompanhava para todos os lados. Ele tentava viver de música, mas, quando eu nasci, prometeu que teríamos mais estabilidade e esse tempo tinha acabado. Nada mais de viver mudando de cidade em busca de um sonho.

Até que um dia eles me disseram que me amavam muito, mas não se amavam mais. Meu pai saiu de casa, mas sempre foi presente, morando inclusive no mesmo bairro.

Não passou muito tempo e minha mãe arrumou um namorado, que foi morar com a gente em seguida. Ele era o homem mais gentil que eu tinha conhecido. E ele tinha um emprego fixo. Minha mãe gostava de enfatizar isso para a tia Maria, que na época era nossa vizinha. Ele era maravilhoso com a minha mãe e era como um pai para mim. Até... deixar de ser. Não me lembro de algum detalhe específico que demonstrasse que ele mudaria. Um dia ele era incrível e no dia seguinte não era mais. Mas ele se desculpava quando a fazia chorar, trazia flores e ela sorria. Eu não entendia bem o mundo dos adultos e achava aquilo normal, afinal meus pais se amavam em um dia e no outro não.

Mas com ele foi diferente. As coisas evoluíram quando mamãe deixou o arroz queimar. Eu me lembro bem do tapa, do choro e do cheiro de queimado. No dia seguinte, ele veio todo carinhoso, como sempre com agrados, e ela sorriu. Mas não era o mesmo sorriso de antes, seus olhos deixaram de brilhar. Mesmo assim ela o perdoou. Isso se repetiu incontáveis vezes e eu não aguentava mais essa situação. Então eu passei a protegê-la, o que fez com que eu me tornasse um alvo também. Quando ele me bateu e quebrou meu braço, ela não voltou a sorrir, mesmo dizendo que o perdoava na manhã seguinte.

Foi aí que minha mãe bolou um plano: quando meu pai viesse me buscar no fim de semana, ela pediria ajuda. Na época eu não entendia por que ela ainda não tinha feito isso, e senti um alívio enorme quando ela tomou essa decisão. Hoje penso que ela não teria como sustentar a mentira de que quebrei o braço escorregando no banho, eu acabaria contando a verdade em algum momento. Ela me explicou que tudo teria de ser muito rápido e eu não poderia fazer perguntas ou demorar quando ela dissesse que era a hora. Acho que ela me contou na véspera porque queria tornar real. Talvez quisesse encontrar sua força na verbalização.

Eu estava bem feliz. Na minha cabeça de criança de oito anos, meu pai salvaria a minha mãe do homem mau e nós voltaríamos a viver como uma família. Eu me lembro exatamente da sensação de alegria tão intensa que era capaz de fazer o coração formigar.

Um pouco antes de o meu pai chegar, meu padrasto encontrou minha bagagem. Se eu ia ficar tanto tempo longe, tinha que levar meus bichinhos de pelúcia. Não cabiam todos na mochila e usei sacolas de onde escapavam uma porção de pelos coloridos. Quando meu padrasto viu, questionou se eu não pretendia voltar mais. Ele estava brincando, mas hesitei e procurei o olhar da minha mãe, que empalideceu. Foi o suficiente.

Foi tudo muito rápido. Ele pegou uma faca. Ela ergueu as mãos. Ele era forte e a atingiu. Ela caiu e ele não parou os golpes, mesmo depois de o corpo dela estar inerte. "Se não vai ser minha, não será de ninguém", ele disse.

Abraçada à minha mochila e com as sacolas aos meus pés, eu congelei. Ele se levantou com o olhar fixo no corpo. Eu mal respirava. Ele olhou para a faca, depois para mim.

Eu fiquei tão parada que senti meu corpo doer, como se o frio do Ártico me congelasse. Ainda hoje não sei quanto tempo durou aquela troca de olhares. Na minha cabeça foi como se durasse o equivalente a mil vidas sem minha mãe; mil vidas miseráveis.

— Olha o que vocês me obrigaram a fazer — justificou ele. Em seguida, colocou a faca sobre a mesa, ajeitou a roupa e saiu pela porta da frente como se nada tivesse acontecido.

Parecia que tinha um nó na minha garganta. Tentei gritar, mas não consegui emitir qualquer som. Eu queria me mexer, mas meu cérebro — incapaz de processar a informação — me manteve lá congelada.

O estouro do escapamento da moto do meu padrasto me chacoalhou, me tirando da inércia. Corri até minha mãe, balançando seus ombros e tentando estancar o sangue. Na semana anterior, quando me cortei, ajudando-a a fazer o jantar, ela me disse que precisava estancar o sangue em casos de ferimentos profundos, então eu sabia o que fazer. Mas eram tantos cortes, e eu não tinha nada além dos meus bichinhos de pelúcia. Então comecei a cobri-la com eles.

Quando meu pai chegou, duas horas depois, ele me encontrou soluçando ao lado do corpo da minha mãe, coberto por bichinhos de pelúcia tingidos de vermelho.

4
Daniel

> "Would you know my name
> If I saw you in Heaven?
> Would it be the same
> If I saw you in Heaven?
> I must be strong
> And carry on
> 'Cause I know I don't belong
> Here in Heaven."*
>
> Eric Clapton, *Tears in Heaven*

Quando a primeira pá de terra foi despejada sobre o pequeno caixão, meu coração se partiu em tantos pedaços que eu soube que jamais me recuperaria. O que se faz depois do enterro da filha? Para onde ir? Como prosseguir? Onde encontrar força?

Procuro Rebeca com os olhos. Seu rosto inchado e vermelho reflete minha dor. Nós não conseguimos confortar um ao outro. Estamos imersos em dores semelhantes, mas individuais. Ela é médica e entende mais fácil a morte, foi o que ela me disse na nossa última conversa. Desde o início, ela sabia quais eram as chances reais da nossa filha. Eu não sabia nada. Eu ouvia, pesquisava e, sobretudo, acreditava.

---

* Será que você saberia o meu nome/ Se eu te visse no Paraíso?/ Será que as coisas seriam iguais/ Se eu te visse no Paraíso?/ Eu preciso ser forte/ E seguir em frente/ Porque eu sei que não pertenço/ Aqui no Paraíso.

O pai de Rebeca a abraça e penso em Gigi, em como eu deveria confortá-la quando ela precisasse, em como eu deveria tê-la protegido como Henrique, meu sogro, agora acolhe a própria filha.

Minha filha nunca será adulta. Nunca crescerá. Nunca terá seu coração partido e eu nunca poderei ajudá-la a se curar. Isso me traz uma mensagem clara: não tenho o direito de viver em um mundo no qual meu pequeno anjo não habita mais.

As pessoas começam a ir embora, não sem antes me lançar um olhar desolado. Rebeca me avisa que irá para a casa dos pais, e só consigo reagir com um lento aceno com a cabeça. Ontem ela me disse que não fazia sentido continuarmos juntos. Sequer lutei. Não me restam forças para tentar ser feliz com alguém. Não faz sentido.

Quando os funcionários do cemitério terminam de ajeitar a terra, eles se afastam do túmulo. Um deles passa por mim e aperta os lábios. Não sei se ele pensa em dizer alguma coisa, mas seus olhos me transmitem suas condolências.

Estou sozinho. Não, estou com a minha menina. Caio de joelhos e toco a terra, ainda um pouco úmida. Como Deus pôde nos tirar tanto? Minhas lágrimas caem sobre o dorso da mão espalmada onde o corpo de Giulia descansa. Eu sei que ela não está mais ali. Preciso crer que ela foi para um lugar melhor, onde a dor passou e ela é feliz.

"Ela está com Deus agora. Ele quer suas melhores rosas com Ele", minha mãe disse ao me abraçar, um pouco antes do enterro.

Não sei se ela tem razão, mas não consigo evitar pensar: como Deus pôde ser tão egoísta?

Uma mão aperta meu ombro, em silêncio. Não preciso olhar para saber que é Leandro, meu irmão. Ele seria incapaz de me deixar aqui, porque me conhece bem o suficiente para saber que eu não teria estímulos para sair do lugar.

Minha irmã estava nos esperando no carro quando meu irmão conseguiu me convencer a deixar o cemitério. Carolina disse que nossa mãe foi para casa, porque sabia que eu precisaria do meu tempo. Havia ressentimento na voz da minha irmã. De nós três, Carolina é a que mais sofre pela distância considerável que nossa mãe mantém de nós. Uma vez ela disse que tínhamos muito do nosso pai para que ela aguentasse ficar por perto. Yumi, esposa do Leandro e psiquiatra, diz que nossa mãe não superou ser abandonada por nosso pai quando éramos crianças, e que, por ver a gente como extensão dele, se ressente de nós. Yumi é incrível e jamais questionarei sua profissão, mas não era preciso estudar questões de ordem mental para chegar a essa conclusão. O fato de sermos fisicamente bem parecidos com nosso pai não ajuda muito nesse caso.

Honestamente, eu não ligo para a ausência. Como escritor, aprendi a canalizar a dor nas minhas histórias. Foi assim desde a adolescência. Mas se eu escrever o que está no meu coração agora, inundarei o mundo em tristeza e desolação. Ninguém precisa disso.

***

Voltar para o apartamento silencioso é última coisa que quero fazer, e ao mesmo tempo é o único lugar onde sei que devo estar. Leandro e Carolina estão logo atrás de mim quando abro a porta de casa.

— Está com fome? — Leandro pergunta enquanto entro devagar pela sala. — Posso preparar alguma coisa para você comer.

— Não quero nada. — Aproximo-me da janela. Moro no oitavo andar.

— Acho que vai chover — analisa Carolina, atrás de mim.

— Vocês podem ir... — Tento ser educado, mas a voz sai brusca.

Os dois cruzam o olhar e caminham até a porta. Eu sou o mais velho. Aos trinta e oito anos, tenho três a mais que Leandro e oito a mais que Carolina, que foi a raspa do tacho, como diria a vovó.

— Eu estou aqui na frente, se precisar de mim — arrisca Carolina, ressabiada. Se não fosse o momento, ela teria me dado uma resposta atravessada.

— E eu aqui em cima. — Leandro aponta, querendo dizer mais. Ele sempre quer. Ele é a cola que une essa família e cuida de todos nós, como se ele fosse o pai. Em um lar desfeito é comum um dos irmãos se colocar nessa posição de protetor. Eu até tentei, mas... acho que eu era partido demais para ser a cola de quem quer que fosse.

Nós moramos no mesmo prédio, um dos muitos edifícios construídos por meu pai. Dar um apartamento para cada filho foi a forma que ele encontrou de nos manter fisicamente próximos. Minha vó endossou o pedido para que ficássemos juntos. Depois do divórcio dos meus pais, foi ela quem segurou as pontas. Nenhum de nós conseguia resistir a um pedido dela.

Em um mundo em que muitas famílias mal têm contato além das redes sociais nós somos próximos... com jantares e almoços frequentes. É tanto contato que sei que eles não me deixarão sozinho por muito tempo.

Eu tiro o casaco e coloco-o sobre o braço do sofá. Rebeca odiaria isso, penso, e me dou conta de que, quando ela voltar, será para pegar suas coisas e se mudar de vez. Há muito tempo, quando meu pai foi embora, eu prometi que nunca abandonaria minha família. Eu idealizava uma casa cheia de filhos e eu fazendo tudo certo. Eu seria um verdadeiro pai e os protegeria.

Quando me casei com Rebeca, vi que nada seria como eu planejava e isso não foi de fato ruim. Rebeca era a protetora. Sempre foi. A mais velha de seis irmãos. A fortaleza. Ela encarava a vida como a medicina: é preciso fazer o possível para salvar alguém. Eu me encantei com o quanto ela se dedicava, com o quanto era prática. Para ela, tudo era fácil de resolver. Era como se ela tivesse todas as respostas. Ironicamente, foi aí que tudo se complicou: minhas perguntas vinham do caos, da dor que há muito me apertava, e Rebeca não conseguia me dar uma solução satisfatória. Eu achava que era só deixar sair na escrita, mas não era simples assim. Há um buraco que não se fecha em mim e, por mais que eu saiba como começou, não quero voltar para aquele lugar para tratar.

Não demorou e Rebeca enxergou a escuridão por trás do cara risonho e boa-pinta. Sabíamos que éramos como água e óleo. Analisando, hoje, confesso que, se eu percebesse onde acabaríamos, eu teria fugido antes. Mas aí não teríamos nossa filha. Giulia foi resultado de uma noite de sexo de reconciliação.

O nascimento da Giulia deixou nosso relacionamento mais tranquilo. Eu era um pai presente, participativo, fazia o que podia para que Rebeca continuasse sendo a mulher que era e pudesse salvar o mundo além da nossa casa. Ela era uma mãe maravilhosa. Mesmo com o tempo escasso por trabalhar em dois hospitais: um particular e um público; ela tornava o mundo da Giulia único.

Ganhar a vida como escritor me permitia trabalhar em casa e dedicar mais tempo para cuidar da Gigi. Quando conheci Rebeca, os direitos do meu primeiro livro foram comprados para se tornar uma novela em uma grande emissora. Agora, com as plataformas de streaming, tenho uma série em pós-produção e um filme sendo produzido. Depois de uma infância e adolescência com certa dificuldade financeira, não posso reclamar nesse quesito. Minha mãe precisava dar conta de tudo sozinha, com três filhos pequenos, e acho que isso me preparou para quando chegasse a minha vez de ter uma família. Meu pai só voltou para nossa vida quando já estávamos adultos. Não sei o que o motivou. Culpa, talvez. Ele fez bastante dinheiro nesse tempo longe e morreu logo depois que retomou contato com a gente. Deixou alguns bens de herança para meus irmãos e eu, mas minha parte está intocada em uma conta bancária.

Eu me pego olhando para o porta-retratos sobre o piano de cauda, uma foto do sorriso inesquecível de Giulia. Seu cabelo cacheado, como o meu, penteado com maria-chiquinha. Eu me lembro bem daquele dia. Ela tinha acabado de dizer que seria uma grande pianista como sua bisavó — minha avó paterna. Todos os netos tinham um piano em casa, presente da avó, que nos fizera ter aulas religiosamente todos os dias enquanto crianças. Somos bons pianistas. Mas nenhum seguiu o caminho profissionalmente, como Gigi disse que tinha interesse — além de ser escritora, como o pai, e salvar vidas, como a mãe.

Giulia foi uma criança feliz. Extremamente feliz. Se é possível encontrar algum consolo na morte é saber que enquanto estava viva ela se encantou e encantou a todos que a conheceram. Sou suspeito por pensar assim, mas ela era mesmo especial. Se percebeu que a mãe e eu não estávamos bem, não disse. Era algo que ela diria, era uma danadinha intrometida, como dizia a Naomi, filha adolescente do Leandro.

O divórcio não dói. Seria hipocrisia dizer que ainda sinto alguma coisa onde não havia mais amor. Qualquer sentimento que restasse foi destruído quando percebemos que perderíamos nossa filha. Culpamos um ao outro pelo fim do relacionamento. Foi pesado e doloroso. Aprendi na prática que, quando não lidamos com a origem da raiva, nós a alimentamos até atingir um nível de toxicidade insuportável. Quando a deixamos sair, ela destrói tudo à nossa volta.

Respiro profundamente em frente à porta do quarto de Gigi, colocando a mão sobre a maçaneta. As lágrimas inundam meus olhos mais rápido do que o movimento da mão para abrir a porta. Pisco algumas vezes para enxergar a explosão de tons de lilás e branco que preenchem o quarto.

As paredes com desenhos colados, as caixas de brinquedos, a mesinha repleta de material para colorir, a cama em forma de carro de corrida lilás, o edredom de unicórnios.

O colchão afunda quando me sento. Puxo o travesseiro para o meu peito. O cheirinho da minha menina. O último resquício que em breve o tempo levará. Eu me deito enquanto um soluço me toma. Isso é tudo o que sobrou. O quarto de uma criança que tinha o sonho de ilustrar minhas histórias e um dia criar as próprias.

Eu não sei quem eu sou sem minha família. Não sei por onde começar agora e nem se quero recomeçar. Se Deus tivesse me atendido, Ele teria me levado em seu lugar.

Sem ter chance de lutar, eu perdi tudo.

5
Julia

> "Loving you was young, and wild, and free
> Loving you was cool, and hot, and sweet
> Loving you was sunshine, safe and sound
> A steady place to let down my defenses
> But loving you had consequences
> Hesitation, awkward conversation
> Running on low expectation
> Every siren that I was ignoring
> I'm paying for it."*
>
> CAMILA CABELLO, *Consequences*

— Que demora, meu Deus! — Lucia aperta minha mão. Ainda estamos aguardando atendimento no Pronto Socorro Central. Olho para a porta de entrada a todo instante. Tenho medo de que Eduardo apareça e insista em me levar para casa. Desliguei meu celular porque ele não parava de me ligar e mandar mensagens. Primeiro parecia preocupado, depois, irritado com a ausência de respostas.

O noivo de Lucia está a quarenta minutos daqui. Vitor trabalha para aplicativos de entrega de comida e, assim que minha amiga contou o

---

* Te amar foi juvenil, selvagem e livre/ Te amar foi legal, quente e doce/ Te amar foi luz do sol, foi estar sã e salva/ Um lugar seguro para baixar minha guarda/ Mas te amar teve consequências/ Hesitação, conversas constrangedoras/ Convivendo com a expectativa baixa/ Cada sinal que estive ignorando/ Estou pagando por isso.

que aconteceu, ele disse que viria nos encontrar. Por mais que Vitor seja forte, não sei se alguém dará conta de Eduardo. Nos olhos do meu namorado dava para ver a mesma raiva e o mesmo recado que vi daquela vez nos olhos do meu padrasto: "Se não vai ser minha, não vai ser de mais ninguém."

Conforme o tempo passa, a ficha vai caindo. Assim como fiz várias vezes na infância e na adolescência, procuro os sinais de que Eduardo era uma pessoa agressiva. Tenho o hábito de buscar a raiz do problema para tentar encontrar uma solução.

Acho que lembro quando começou. Foi quando usei um batom mais vibrante, vermelho. Eduardo insistiu que eu tirasse porque ele achava que não combinava comigo. Não sei se foram as palavras dele, mas realmente quando olhei no espelho não parecia combinar mesmo. Foi nesse momento que eu deveria ter percebido a intenção dele e ter ficado mais alerta? O que aconteceu para eu ficar tão desatenta depois de vinte e cinco anos da morte da minha mãe? Será que eu quis tanto viver um sonho que fui justificando os sinais da realidade? Será que meu amor me cegou tanto assim? São tantas perguntas, mas acho que a principal e que rege tudo é: ainda há amor? Isso me rasga; como pode ainda haver amor? Como eu posso amar um homem que me bateu até me deixar estendida no chão?

Pode ser que eu ainda ame Eduardo, mas ele não me ama. Repito isso mentalmente. O amor não machuca. O amor não machuca. O amor não machuca. O amor não machuca. O amor não machuca. Isso não pode ser amor. Eu não posso amá-lo.

Estou totalmente envolta em meus pensamentos. Tia Maria fala alguma coisa, mas eu só entendo um resmungo sobre ir resolver a demora. Ela gesticula e se altera com a recepcionista. O segurança se aproxima, falando mais alto ainda. Eu me levanto para tentar ajudar, mas sinto minhas pernas úmidas. Olho para o chão e vejo que se formou uma poça de sangue. A única coisa que consigo fazer é levar minha mão à barriga. Um vislumbre dos pontapés de Eduardo atinge minha mente no mesmo tempo em que perco a consciência.

***

O cheiro de desinfetante característico de hospital invade minhas narinas antes que eu possa abrir os olhos, mal consigo abri-los. Levo a mão ao rosto e solto um gemido baixinho. Sinto a deformidade do rosto na ponta dos dedos.

— Ah, que bom! Você acordou. — A médica faz uma anotação no prontuário. — Achei que só conversaríamos pela manhã. Eu sou a Dra. Rebeca.

Observo o líquido descendo pelo tubo da medicação e estremeço com as lembranças. Minha mão procura meu ventre e a expressão triste da médica responde a qualquer pergunta que eu possa fazer.

— Julia, eu sinto muito. — Ela diz meu nome com carinho, quase como se entendesse minha dor. Deve falar com mulheres como eu todos os dias. — Você sabia que estava grávida? — Assinto de leve. Descobri naquela manhã. — Estava de sete semanas aproximadamente. Por conta da gravidade dos ferimentos, você precisou passar por uma cirurgia. Quando te operamos, o feto já não apresentava sinais vitais. Não tínhamos como salvá-lo, só você.

— Obrigada. — É a única coisa que consigo dizer.

Depois do que aconteceu com a minha mãe, nunca pensei que me veria na condição de vítima. Tão fraca a ponto de não conseguir me defender. Nem meu filho. Eu achava que, por já ter vivido como observadora, jamais me sujeitaria a passar pelo que minha mãe passou. Mas agora estou em um leito de hospital, destruída.

Dra. Rebeca olha para trás, em direção à porta da enfermaria. Quando ela volta a me encarar, observo seus olhos fundos, como se tivesse chorado por muitas horas. Reconheço a dor.

— Como você foi vítima de violência doméstica, é minha obrigação chamar a polícia. Há policiais aguardando para colher seu depoimento. Eles vão mantê-la segura.

Balanço a cabeça para cima e para baixo. Talvez a doutora trabalhe muito e não tenha tempo para assistir, ler ou ouvir jornais. Quando um homem decide acabar com uma mulher, ele não sossega até conseguir. Duvido que alguém consiga pará-lo. Eu preciso fugir. Mas para onde posso ir? Mesmo que eu mude de estado, e vá para a casa do meu pai, em Minas Gerais, Eduardo saberá onde me encontrar.

— Tenha calma, eu sei que é difícil neste momento, mas você precisa descansar. Você ficará internada por mais dois dias, pelo menos. E está segura aqui. — Ela toca meu braço. — Eu sinto muito pela dor que está passando, nenhuma mãe deveria perder um filho. Você lutou. Seu corpo fez o que podia para manter o feto vivo, saiba disso. — Lágrimas vieram aos seus olhos. — Agora precisa continuar sendo forte.

— Tem mais alguma coisa? Eu vou me recuperar totalmente? — questiono. Rebeca não sabe que sou enfermeira. Sei muito bem como os médicos se comportam quando vão dar uma notícia ruim.

"Eu vi minha mãe morrer, doutora. Eu aguento qualquer coisa", é o que eu queria dizer, mas sei que é mentira. Ver a mãe morrer não nos faz mais corajosos. O que aconteceu naquele dia me destruiu de uma forma irreversível. Parte de mim se foi com minha mãe e não sei se é possível ter uma vida plena se eu mesma sou incompleta. Quando achei que com um filho e um marido me sentiria completa de novo, me vejo sem nada mais uma vez.

— Nós ainda vamos conversar e fazer outros exames, mas é quase improvável que você engravide outra vez.

— Eu devia ter morrido. — Minhas palavras não passam de um sussurro e as lágrimas se tornam mais grossas. A fragilidade que sinto me dá vergonha. Não consegui proteger minha mãe, não consegui proteger meu bebê. Que sentido faz estar viva?

Enquanto crescia, jurei que seria atenta e reconheceria qualquer sinal de violência. Prometi pra mim mesma que eu não seria como minha mãe. Que ingenuidade.

Aos trinta e quatro anos, esperei muito por esse bebê. Tento engravidar desde que Eduardo e eu fomos morar juntos, há quatro anos. Era meu sonho ter uma família cheia de crianças. Queria cuidar, amar, proteger, e falhei antes mesmo de ele chegar a esse mundo.

— Eu entendo a sua dor. Você precisa seguir em frente. Sei que parece frase pronta, mas é a verdade. Se ficamos paradas, afundamos em um pântano de dor e se torna impossível sair. Temos que continuar, nos movimentar.

Balanço a cabeça, confusa. Mas não entendo nada quando vejo lágrimas escorrendo pelo rosto de Rebeca. Nunca conheci uma médica assim. Tão vulnerável.

— Não há caminho em frente para que eu continue.

Ela tenta me confortar. Estou apavorada, desiludida e com o coração partido. Não consigo pensar em como sair dessa situação, só vejo um grande vazio a minha frente. Preciso dar um jeito de fugir de Eduardo e aceitar o que deveria ter aceitado há muito tempo: sonhos são coisas de criança.

***

O dia amanhece, mas permaneço de olhos fechados. A enfermaria está abafada e me sinto mole, cansada. Quero dormir e me esquecer de onde estou. Meu pai veio me ver ontem à noite. Nem sei como ele conseguiu entrar, já que não era horário de visitas, mas ele é um homem insistente. Ele chorou e me acolheu. Eu o fiz prometer que não procuraria Eduardo. De nada adiantaria se nós dois acabássemos no hospital. Ele prometeu, contrariado. Mas isso me tranquilizou, meu pai nunca deixou de cumprir uma promessa.

A conversa dos auxiliares de enfermagem chega até mim. A enfermeira responsável conta como foi o encontro que teve na noite passada. Eles suspiram, riem e brincam como quaisquer pessoas fariam. Conheço bem o procedimento. O ambiente do hospital pode ser muito pesado, se não soubermos como lidar.

A essa altura, as pessoas do hospital onde trabalho já foram informadas das agressões que sofri. Soube que a enfermeira-chefe ligou para cá e conversou com eles, pedindo que cuidassem bem de mim e me avisassem que ela viria me visitar amanhã.

Eu me distraio ouvindo um dos auxiliares contar sobre o gatinho que adotou. Quanto mais tempo eu me mantiver imersa na vida dos outros, melhor, embora saiba que não posso fugir da minha por muito tempo.

— Não dá para acreditar que ela tenha vindo trabalhar logo depois do enterro. — Uma auxiliar cruza as portas, que balançam para a frente e para trás até fechar.

— E vai fazer dois plantões — completa o auxiliar que adotou o gatinho.

— A Dra. Rebeca é forte, mas ela precisa viver o luto. — A enfermeira para de digitar no computador. — Não dá para se afundar aqui.

— É... ainda mais com tanta desgraça acontecendo... — O auxiliar abaixa o tom de voz, mas não o suficiente para que eu não ouça.

Era por isso que a Dra. Rebeca estava naquele estado. Ela parecia tão triste e chorou quando conversou comigo. As olheiras profundas, a palidez, a ausência de brilho nos olhos. Aprendi desde cedo a reconhecer a dor de uma tragédia e isso se intensificou com meu trabalho no hospital. Foi no enterro da minha mãe a primeira vez que percebi os sinais da dor extrema, daquele tipo de dor que não pode ser curada.

Passei as horas seguintes pensando na Dra. Rebeca, em quem teria perdido, em como ela deveria estar se sentindo. Eu me compadeci por ela e chorei. Minha tragédia ainda dói, mas sigo tentando me distrair e fingindo que não estou sentindo nada.

***

O tom de voz agitado do lado de fora do leito faz com que eu me sobressalte. A Dra. Rebeca entra logo em seguida, com um médico loiro em seu encalço.

— Rebeca, esta é sua última paciente, depois você irá para casa. — Ele abaixa o tom de voz ao perceber que estou acordada e prestando atenção. — Não adianta insistir em ficar. Você precisa descansar. E isso é um eufemismo.

— Dr. Vicente — a médica enfatiza o *doutor*, encarando-o —, cumprirei meu plantão como todos os médicos.

Ele se cala, cruzando os braços e parecendo pensar no que dizer.

— Eu assumo seus pacientes. Está bom assim? — Ele passa as mãos pelos cabelos, como se já tivesse tentado de tudo para fazê-la ir embora.

Estremeço, me encolhendo. Dra. Rebeca percebe e se coloca entre ele e minha cama. — Será que devo ligar para o Daniel vir te buscar? — Seu tom é amigável. Ele parece realmente preocupado com ela.

— Não, Vicente — Ela deixa o "doutor" de lado. Sinto que são amigos. — A Camila irá me cobrir. Já está tudo acertado. Em duas horas, irei para casa, está bem assim?

— Ótimo. E não voltará pelos próximos cinco dias. Você precisa de um tempo, Rebeca — ele suspirou. — Estarei na UTI, caso precise de algo, ok? Qualquer coisa.

— Obrigada, Vicente. — Ela tenta dar um sorriso que forma uma careta em seu rosto tão triste.

Vicente cruza as portas e dois auxiliares de enfermagem se viram e cochicham entre si. Enquanto isso, Dra. Rebeca examina meu prontuário.

— Sem sinal de infecção, os inchaços estão diminuindo, os cortes estão limpos. Você está melhorando... fisicamente. — Ela acrescenta antes de fazer uma solicitação aos dois enfermeiros que saem, deixando-nos sozinhas. — Você terá alta amanhã. Tem para onde ir? Falei com sua tia e seu pai mais cedo, ele me disse que é de Minas...

Eu não sei o que responder. Posso ficar com tia Maria e Lucia, que é onde meu pai está agora, mas elas moram em frente à casa que eu dividia com Eduardo. Lucia me mandou mensagem dizendo que ele está enfurecido, que inclusive a teria machucado ao perguntar por mim. Tia Maria está pensando em se mudar. Meu pai quer me levar com ele, mas de que adiantaria fugir para um lugar que Eduardo conhece?

— ... Se você quiser, a minha cunhada Yumi, quer dizer, ex-cunhada — ela se corrige —, é psiquiatra e atende em um abrigo que cuida de mulheres e crianças em situação de risco. Na verdade, quem mantém o abrigo é a família do Dr. Vicente. A irmã dele é a responsável. Você estaria em boas mãos. Além disso, Carolina, minha outra ex-cunhada, acolhe mulheres em seu apartamento durante a transição, caso seja necessário se esconder.

— Eu não teria como pagar — aviso o óbvio. Se não fosse o Sistema Único de Saúde, eu nem teria como arcar com os cuidados que estou recebendo no hospital.

— Não precisa pagar nada.

— Isso existe? — Parecia irreal ter um lugar seguro para onde ir.

— Somos mulheres e, se nós não formos uma pela outra, quem será?

Penso em minha mãe e em como teria sido se uma Dra. Rebeca tivesse surgido em seu caminho. Ela percebe minha hesitação.

— Eu enterrei minha filha há quatro dias. Ela tinha cinco anos. Seu nome era Giulia, quase como o seu. E não acredito que isso seja coincidência. Eu nem deveria estar aqui, no hospital, mas eu não pude ficar em casa, sabe? Era como se minha menina me chamasse. Quando vi seu nome no prontuário e soube o que tinha acontecido com você... Eu vim para cobrir dois plantões, mas tenho dormido na sala dos médicos para poder cuidar de você. É por isso que o Dr. Vicente está bravo. Ele é o chefe. — Continuo sem saber o que dizer. — Entenda, não é apenas pelo seu nome. É porque eu posso ajudar e, podendo ajudar, se não o faço, que tipo de pessoa eu sou?

"Se eu posso ajudar e não o faço, que tipo de pessoa eu sou?", as palavras reverberam em minha mente. A Dra. Rebeca é uma pessoa boa. Essa constatação me faria sorrir, se não estivéssemos nessa situação. Eu tenho uma teoria de que há uma porção de pessoas boas por aí e que elas estão lutando para salvar uma vida por vez e assim fazer do mundo um lugar melhor, apesar de suas tragédias pessoais.

— Tudo bem, mas não quero como um favor. Quero pagar de alguma forma.

— Fica tranquila quanto a isso. Você sempre pode ajudar outra pessoa depois, como uma corrente do bem, sabe?

— Gostei dessa ideia.

— Ela vem te buscar pela manhã. Você reconhecerá os cabelos cacheados azuis brilhantes e o furacão em forma de mulher. — Dra. Rebeca dá um breve sorriso. — Já deixei sua alta pronta.

— Eu não sei como agradecer.

— Agradeça vivendo e fazendo o que puder pelo próximo. As pessoas se esquecem da efemeridade e brevidade da vida. Elas pensam que têm todo o tempo do mundo e a desperdiçam. Cada dia tem uma beleza única. Até os mais tristes. Viva a vida que foi tirada da minha Giulia precocemente. Olhe a sua volta e entenda que nem todos sairão daqui com vida. Aproveite isso, aproveite cada detalhe e, quando se sentir completamente feliz, me conte. Quero compartilhar do sentimento bom que ainda virá. Eu nem sei como continuar minha vida a partir daqui, mas preciso acreditar que me encontrarei com minha menina um dia. Ah... se eu tivesse a chance de estar com ela em meus braços, não hesitaria. Todo o meu esforço não foi suficiente para mantê-la aqui. A Giulia me via como uma supermulher, como uma feiticeira com poderes mágicos. Eu vivo para honrar sua memória e ser um pouquinho como ela me enxergava.

— Você é como sua filha enxergava.

Dra. Rebeca aperta minha mão e se permite chorar. Suas lágrimas acompanham as minhas. Somos mulheres de realidades tão distintas e tão quebradas a ponto de nossas dores se reconhecerem. Apesar da tragédia, ela quer ser uma boa pessoa, quer fazer o bem. Eu me identifico com isso.

Abro a boca para dizer que ela me inspira quando as portas se abrem e Eduardo entra, olhando para os lados, confuso, até pousar os olhos em mim.

— Meu Deus, finalmente te encontrei! — Ele se aproxima da cama e me abraça, fazendo com que meu corpo doa. — Vamos para casa. — Ele começa a me puxar, querendo me forçar a me levantar. Não consigo dizer nada.

O pavor em meus olhos é o sinal que Dra. Rebeca precisa para entender quem é ele.

— A Julia precisa ficar mais alguns dias no hospital — ela mente, tentando ganhar tempo. — O senhor pode voltar amanhã à tarde, no horário de visitas.

— Vamos, Julia — insiste Eduardo, ignorando-a e me puxando. — Você disse aos médicos que foi um tombinho bobo, certo? Agora é hora de ir para casa. Uns policiais que eu nunca vi nem sei de onde são foram lá em casa me fazer umas perguntas estranhas. Você vai precisar se explicar para eles, amor.

31

— Não vou — digo em voz baixa e o olhar de Eduardo se transforma em um abismo tenebroso. — Não quero ir, Eduardo.

Uma enfermeira se aproxima e troca um olhar com Dra. Rebeca, saindo em seguida. A médica dá a volta no leito e se coloca entre mim e Eduardo.

— A Julia precisa descansar agora. Volte amanhã, ok? O tombo a machucou bastante. Ela precisou fazer uma cirurgia. — Não sei como ela consegue ser tão tranquila. Estou tremendo tanto que não seria capaz de ficar em pé nem se quisesse.

— Amanhã nos vemos. — Eu sei que é tarde demais. Sei que é tarde demais desde que ele cruzou a porta e voltei a me sentir como se ainda fosse aquela menininha de oito anos. Ele não me deixará em paz.

— Você vai embora comigo, Julia. — Seu tom é calmo enquanto procura algo na mochila. Não digo nem uma palavra ao ver o revólver surgindo.

Quando eu era pequena e vi meu padrasto matar minha mãe, o tempo pareceu passar em câmera lenta. Perdi minha mãe vagarosamente, como se eu tivesse chance de erguer a mão e parar aquela cena. Ainda carrego a culpa por não ter conseguido salvá-la. Agora tudo ocorre em velocidade máxima. A Dra. Rebeca não congela como eu congelei quando criança. Ela é forte. Ela é uma lutadora. E eu preciso ser forte também. Não posso deixar mais uma mulher morrer. Eu luto, como ela. Lutamos e resistimos.

Um tiro e ela cai.

Outro tiro e eu caio.

Duas mulheres que lutaram juntas e caíram juntas na mão de mais um homem que pensa ser dono do mundo.

6
Daniel

> "Don't want to find I've lost it all
> Too scared to have no one to call
> So can we just pretend
> That we're not falling into the deep end."*
>
> BIRDY, *Deep End*

Há um fantasma no espelho. Com a barba comprida e descuidada. E uma tempestade de cachos escuros sem corte. Fios brancos se misturando aos negros como a dor se mistura à raiva. Olheiras que encontram um lar definitivo sob meus olhos. A boca seca. Não tenho comido nem me hidratado direito. Tenho uma vaga lembrança do que é ter uma noite de sono tranquila. A insônia me faz companhia até o sono derrubar o corpo e mergulhá-lo em pesadelos.

Há um mês, quando Leandro apareceu na minha porta, com a expressão fechada, por um segundo pensei que tinha vindo me confortar sobre a Giulia, mas eu logo percebi que mais uma tragédia tinha acontecido. Há algo intenso demais em nossa irmandade para que uma troca de olhares não carregue uma mensagem.

---

* Não quero descobrir que perdi tudo/ Com medo demais de não ter ninguém a quem chamar/ Então podemos apenas fingir/ Que nós não estamos caindo até o fundo do poço.

Eu não perguntei o que houve. Ele não me disse que eu precisaria ser forte. Sei que ele pensou em me pedir para sentar quando entrou e apontou para o sofá, mas fiquei em pé, pelo menos até ouvir que Rebeca não tinha resistido ao tiro que recebeu ao tentar salvar uma paciente.

Fui ao chão naquele instante. Meu cérebro brincou comigo e pensei em como poderia contar a Giulia que a mãe estava morta. Foi um segundo só. Um segundo em que senti que minha filha ainda estava viva e, depois, entendi que as duas estavam mortas.

Leandro se abaixou, sentou-se no chão e ficou ali comigo, passando a mão nas minhas costas enquanto eu me encolhia em posição fetal. Que desgraça...

Saí do apartamento apenas para comparecer ao enterro. Ela foi sepultada com nossa filha, e, se eu tivesse que explicar o que senti naquele momento, não teria outra palavra além de escuridão. Senti como se cada parte de luz que já houve em mim fosse apagada.

Agora estou aqui, sozinho. Mesmo sabendo que há pouco tempo optamos pelo divórcio e que de fato não havia amor romântico entre nós, sinto falta de Rebeca. Antes de os problemas de convivência começarem, ela era o amor da minha vida. Ela era cheia de luz e isso incomodava minhas sombras, mas fomos muito felizes.

Não tivemos tempo de conversar depois do funeral de Gigi. Não tivemos ou não quisemos, não sei. É tarde para descobrir. A culpa me corrói ao pensar que se eu fosse um homem diferente ela estaria em casa e estaríamos confortando um ao outro.

Eu a amei e ela foi meu mundo um dia, mas nossa filha nunca deixou de ser. Nunca deixará. Eu ainda acordo com aquela breve sensação de que tudo está bem e que meu mundo não foi destruído.

A campainha estridente toca sem parar, arrancando-me dos meus pensamentos. É o mesmo que um megafone gritando o nome de Naomi, minha sobrinha. Só ela tem a ousadia de não aceitar que não quero ser incomodado.

Abro a porta com um impulso e encaro a garota miúda de quatorze anos. Ela tem os cabelos lisos pintados de roxo com mechas azuis e usa um boné preto virado para trás.

— E aí, Nessie? — Ela sorri, quando para de tocar a campainha e passa por mim, como se fosse dona do lugar.

Não reclamo quando ela me chama de Nessie. Um apelido carinhoso para o Monstro do lago Ness. Ela começou com isso há uma semana, quando completei três semanas sem sair do apartamento. Segundo Naomi, como deletei minhas redes sociais e ninguém me vê, não há provas de que eu de fato exista, assim como o Monstro do lago Ness. Achei melhor não discutir. Eu perderia, se tentasse.

— Oi, Naomi. — Ela sacode algumas correspondências. — Como você está?

— Ah, tio, você sabe, como toda adolescente de quatorze anos... Tenho certeza e posso provar que o mundo está contra mim. — Ela se joga no sofá, arrancando os tênis All Star. Meu Deus, ela pretende ficar por mais do que alguns segundos. — O que acha de a gente assistir a uma série?

— Um episódio. — Fecho a porta, me rendendo. Ela vem aqui a cada três dias com as correspondências que pega no escaninho. Mas entrou apenas duas vezes nesse período.

— Um episódio já é alguma coisa. — Ela pega o controle remoto.
— E se você tomasse um banho e ajeitasse essa cara antes? — Franzo a testa.

— Vou assistir a um episódio e nada mais.

— Beleza! — Ela dá de ombros. — Mas senta naquele sofá lá. — Apontando para a poltrona. — Seu cheiro não está nada bom, tio. — Ela pisca, rindo.

Automaticamente dou uma fungada na minha roupa comprovando que o cheiro não está lá essas coisas. Por mais que ela esteja brincando, ainda há algo no jeito como sorri que me faz entender que está escondendo algo.

— Você está bem?

— Tio Daniel... — Ela se ajeita no sofá, selecionando um episódio da primeira temporada de *Flash*, sem me perguntar se é a isso que quero assistir — eu pergunto se você está bem?

A pergunta é retórica, mas respondo mesmo assim:

— Não.

— Então, tenha a decência de me deixar sofrer em paz. — Seu tom é neutro.

A escolha das palavras quase me tira um sorriso. Quase. Naomi é a pessoa mais dramática que conheço e ela usa essa dramaticidade de uma forma quase artística. Ela fala sobre si de forma displicente, como se não se importasse, igualzinho ao seu pai quando era adolescente.

— Beleza! — Eu a imito.

Ficamos em silêncio quando o episódio começa. Como fã de histórias em quadrinhos, percebo que estou ansioso para assistir. Sair da realidade pode ser bom. Ela comenta que a série está na sexta ou sétima temporada, mas que veremos do início.

— Quanto tempo você pretende passar aqui, Naomi?

— Sei lá. Dia sim, dia não, talvez. Se for todo dia vou enjoar da sua cara.

— E a escola? Não teve aula hoje?

— Eita, tio. Não está sabendo, não? Bem que meu pai falou que você não vê mais nem jornal. Tudo vai parar por quinze dias... até os esportes.

— Do que você está falando?

— Calma aí. — Ela pausa a tv e pega o celular. — Eu tenho um vídeo aqui da Cardi B que é bem explicativo.

Eu me levanto da minha poltrona e me sento ao lado dela. Finjo que não percebo que a peste da minha sobrinha faz uma careta enquanto ela dá o play no vídeo e vejo uma moça que, segundo Naomi, é uma cantora famosa, desesperada sobre algo chamado Coronavírus.

7
Julia

> "I'm the ghost of a girl
> That I want to be most
> I'm the shell of a girl
> That I used to know well."*
>
> CHRISTINA PERRI, *The Lonely*

Cada ação leva a uma consequência. Mesmo tendo essa noção desde criança, não consigo entender qual ação levou à morte da Dra. Rebeca. O que fez seu coração parar de bater foi a bala que saiu da arma de Eduardo, mas quais foram os eventos que nos deixaram juntas naquele momento?

Ele não estava de farda, então não suspeitei que ele tinha uma arma, ainda mais na mochila. Quando pensava na possibilidade de ele tentar algo contra mim, a faca que matou minha mãe me vinha à mente. De uma faca eu poderia ter me defendido. De uma faca eu poderia ser capaz de fugir. Se ele tivesse tentado me matar com uma faca, talvez Dra. Rebeca estivesse viva.

Eu reagi no último instante, tentando protegê-la, mas foi tarde. A bala a acertou no pescoço. Eu soube disso depois, ouvindo conversas dos enfermeiros.

---

* Eu sou o fantasma de uma garota/ Que eu mais queria ser/ Eu sou a casca de uma garota/ Que eu costumava conhecer tão bem.

O segundo tiro acertou minha cabeça, um pouco atrás da orelha esquerda. Eduardo disparou enquanto eu tentava proteger o corpo da Dra. Rebeca.

Fiquei em coma induzido por alguns dias. Como eu já estava com o corpo debilitado, o neurologista disse que eu sobrevivi por um milagre, só fiquei com uma dor de cabeça intensa que me atinge às vezes. Ainda é cedo para ter certeza sobre a parte neurológica. Ele disse que, a princípio, tudo parece ok.

Lembro-me de ter fechado os olhos ao ouvir isso. "Ok" é a última coisa que tudo está ou parece estar. Não argumentei sobre o prognóstico e não reclamo da dor. Eu mereço cada pontada. Eduardo puxou o gatilho, mas nada consegue tirar de mim que eu sou a responsável pela morte da Dra. Rebeca. Sabendo da profissão do homem com quem convivia, errei e fui inocente. Isso acabou custando a vida de mais uma mulher.

***

— Mais uma pessoa morreu? Você viu? Não sei, não parece que as autoridades estão sendo transparentes. Estou preocupada. — Carolina fala por ligação de vídeo com o noivo, que é médico e está fazendo uma especialização na Espanha.

— Eles estão fechando tudo aqui. Escolas, shoppings, bares, tudo. E você sabe como os espanhóis são boêmios... Não fechariam, se não fosse necessário. Tenho um amigo médico na Itália que disse que lá está um caos; corpos sendo colocados em caminhões frigoríficos. A OMS demorou demais para assumir que estamos em uma pandemia. Estou com medo pelo Brasil. Pensei mil vezes se devo voltar para o Brasil agora, porque estou morrendo de saudade de você... Mas com isso de o meu pai ter vindo ficar aqui comigo um tempo... e ele disse que pra onde eu for ele vai também... Tem a comorbidade dele, né? A maioria das mortes de que sabemos até agora são de pessoas como ele.

"Se você quiser vir, tem que ser agora. Sei que estamos com um aumento vertiginoso de casos, mas a previsão para o Brasil não é boa. O não cancelamento do carnaval vai pesar. Esse papo sobre ser uma só uma gripezinha ainda vai matar muita gente. E, se vier, é isolamento, Carol. Tem que aquietar essa bunda aqui com meu pai. — Consigo ouvir a risada cúmplice dos dois. — Nem sei como serão os próximos dias no hospital."

Carolina é realmente um furacão. Uma potência de mulher. Ela reconhece que é privilegiada e que há fatos sobre uma mulher se sujeitar à violência que ela nunca entenderá, mas Carolina faz o que pode para ajudar vítimas como eu, por isso ela hesita tanto em ir para a Espanha.

— Bem, todo mundo precisa de férias, né? Posso aquietar minha bunda linda por quinze dias. Chego aí depois de amanhã. Pode avisar seu pai.

— Ele já está feliz, querendo faxinar todo o apartamento para receber a filha que ele não teve. — Davi muda o tom de voz e imagino que ele esteja imitando o pai. — Mas não se iluda, amor, esses quinze se multiplicarão e, se vier, talvez não consiga voltar tão cedo.

De onde estou sentada, no sofá, não consigo ver seu rosto, mas a voz de Davi é grave e triste, como se esperasse por uma calamidade. Eu ainda não sei o que pensar. Estou hospedada na casa de Carolina, ex-cunhada da Dra. Rebeca, há uma semana. É evidente que ainda me sinto desconfortável, mas estou segura aqui e Carolina não é uma pessoa para quem se possa dizer não. Além do mais, ela enfatizou: foi o último pedido de Rebeca. Como eu poderia recusar?

Carol e Davi continuam conversando, enquanto eu reflito sobre a pandemia. É tão estranho pensar que estamos vivendo algo assim em pleno ano de 2020. Envio uma mensagem para o meu pai, perguntando se ele está bem. Ele voltou para Minas Gerais quando saí do hospital. Entendeu que assim seria melhor para mim, e percebeu que não conseguiria me convencer a voltar com ele, não seria seguro.

Pai, você comprou álcool em gel?
Se cuida, tá?

Ele responde bem rápido:

Filha, já te disse para parar de acreditar em tudo o que diz no jornal.

Suspiro, preocupada, pedindo a Deus que ele esteja certo e que, caso não esteja, esse vírus não chegue à cidadezinha do interior de Minas em que ele mora.

Decidi que não poderia ir com ele após o sumiço de Eduardo. É inacreditável que ele tenha alegado insanidade mental. E ainda quis colocar a culpa na Dra. Rebeca, dizendo que ela estava me tratando mal e me prendendo no hospital, e que ele queria me salvar.

A Carolina me disse que ele deveria ter sido encaminhado para um Hospital de Custódia e Tratamento Psiquiátrico pelo que alegou, mas a justiça no Brasil é complicada, ainda mais quando se trata de proteger mulheres e crianças. Consegui uma medida protetiva, mas sei que, se não ficar escondida, de nada adiantará.

Se apenas eu tivesse sido vítima dele, entenderia a justiça ser tão falha, mas a Dra. Rebeca vinha de família rica e, mesmo assim, Eduardo saiu impune. É quase como se eles dissessem que homens têm passe livre para fazer o que querem de nós, mulheres.

No dia em que cheguei ao apartamento, ouvi Carolina falando com a Dra. Yumi — a outra ex-cunhada da Dra. Rebeca — que Eduardo não foi o primeiro policial que ela viu escapar de feminicídio, mas que ainda estavam lutando por justiça. Não tenho ideia de para onde ele foi. Em teoria, ele ainda responderá a um processo e pode ser preso, mas não sei o que esperar.

Carolina armou um esquema digno de filme para a minha saída do hospital, assim seria impossível que Eduardo me seguisse. Ninguém me visita aqui. Nem Lucia nem tia Maria. Troquei o número de celular, deletei minhas redes sociais. Tudo para minha proteção.

Agradeço ao que Carolina faz por mim, mas a culpa me corrói e às vezes penso em colocar um fim na dor que esmigalha meu coração.

8
Daniel

"So I'll light up a cigarette
I'll drink it down 'til there's nothing left
'Cause I sure can't get no sleep
And Lord knows there's no relief
You held my heart in your fingertips
So now I drown in my bitterness
Oh, I can't get no sleep
And I sure won't, I sure won't find no peace
No Peace."*

SAM SMITH PART. YEBBA, *No Peace*

— Mas você viu o tanto de gente que está morrendo na Itália, mano? — Pergunto ao meu irmão, depois de ler artigos e ver uma série de vídeos com Naomi.

— Sim, a coisa está terrível por lá.

— Como isso evoluiu tanto assim? Eu me lembro que em janeiro o governo buscou os brasileiros que moravam na China, mas depois não acompanhei mais nada.

---

* Então acenderei um cigarro/ E beberei até não ter mais nada/ Porque eu tenho certeza que não consigo dormir/ e o Senhor sabe que não tem cura/ Você pegou meu coração na ponta dos dedos/ Então agora eu caio na minha amargura/ Oh, Eu não consigo dormir/ E tenho certeza que não conseguirei, certeza que não acharei paz/ Nenhuma paz.

Eu me mantive praticamente alienado de notícias nos últimos meses. Isso me faz pensar em quantas pessoas estão por aí sem nem ter ideia do risco que correm com esse vírus.

— Então, acho que ninguém acompanhou. Subestimaram o vírus e a lógica.

— Por que não me contou? — Observo Naomi fazer uma careta como se a resposta fosse óbvia.

— Você não sai de casa. Não achei que teria alguma mudança nos quinze dias que teremos que ficar isolados. Suspenderam até as aulas na faculdade.

Leandro é doutor em ciências da computação e dá aulas de programação para um curso de pós-graduação da universidade federal. Não digo nada a respeito da conclusão dele sobre eu não sair de casa; afinal, ele está certo. Encerro a ligação com o pedido dele para que eu abasteça a cozinha aqui de casa e me alimente. Quase não tenho comido, mas talvez eu possa comprar algumas coisas. Pela forma como Naomi está jogada no meu sofá fica evidente que ela não pretende cumprir seu distanciamento social em qualquer outro lugar.

Parte de mim quer mandá-la embora e pedir que me deixe ficar no meu isolamento particular, mas há algo errado com ela, e se refugiar aqui, onde poderia evitar perguntas, é uma evidência ainda maior de que está guardando algum segredo.

***

Três episódios de *Flash* depois, desligo a televisão sob o protesto da minha sobrinha. Ela ajeita o boné na cabeça, com o cabelo colorido descendo até o meio das costas.

— Atingi a minha cota de socialização por uma semana, Naomi.

— Uhum... — Ela digita uma mensagem no celular, nem ligando para o que eu disse. — Vou pra casa tomar banho e comer. Me veja como um exemplo a ser seguido, tio.

Reviro os olhos. É muita audácia para uma garota tão pequena.

— Talvez eu coma uma banana.

— Ai, ai... — Naomi caminha até a porta. — Eu vou voltar amanhã.

— Uhum... — É a minha vez de resmungar, pensando em não abrir a porta como fiz algumas vezes. — Mas não precisa vir todo dia, certo? Tenho certeza de que seus pais querem usufruir de sua presença cheia de vivacidade e de suas ordens de comando.

— Se não abrir a porta, vou chamar os bombeiros. — A pestinha parece ler minha mente. — Eles vão sentir o cheiro de gambá morto lá do lado de fora e vão arrombar sua porta. — Ela gira a chave, joga um beijo no ar, abre a porta e sai sem dizer mais nada.

***

Não se passam nem quinze minutos e minha campainha volta a soar. Abro a porta sem olhar no olho mágico, prestes a mandar Naomi embora, quando dou de cara com Carolina e seus cabelos cacheados pintados de azul. Antes fosse minha sobrinha. Sua inspiração versão adulta é mil vezes mais teimosa.

— Oi, mano. Vejo que ainda não saiu da versão Cascão. — Suspiro, sentindo que minha paciência está sendo testada.

— Tem alguma coisa que você vai me dizer que não poderia ser dita por uma mensagem de texto?

— Nossa, podemos observar que o cavalo trocou as ferraduras.

— Você é a segunda visita indesejada que recebo hoje.

— Tem alguma visita que você deseja? — devolve ela, debochando.

— Não.

— Não seria melhor ir morar em uma caverna, então?

— Estou pensando nessa possibilidade. Um lugar remoto e sem acesso à internet.

— Eu te acho.

"Eu sei", penso. Sei que meus irmãos me encontrariam em qualquer lugar do mundo em que eu me escondesse. Apesar de querer ficar sozinho, sei o que significamos uns parar os outros, e sou grato por isso.

Carolina entra e observa tudo ao redor. Ela não reclama da semiescuridão em que se encontra o apartamento, mesmo sendo antes das cinco da tarde. Eu agradeço às janelas blackout que fechei assim que Naomi saiu.

— Eu vim me despedir e pedir um favor. — Ela me entrega uma caixa pequena de papelão.

— Como assim se despedir? — Agora ela tem toda a minha atenção.

— Vou passar quinze dias na Espanha com o Davi.

— Na Espanha? Mas os casos e mortes lá estão aumentando muito. É perigoso.

Minha irmã me olha boquiaberta. Não sei se está chocada pelo fato de que estou informado ou por demonstrar preocupação com alguma coisa além da minha dor. Eu ainda estou sofrendo, não sei se há uma previsão de fim para esse tipo de sofrimento, mas me preocupo com ela.

— O Davi disse que é perigoso em qualquer lugar agora — explica ela, erguendo a cabeça para me olhar. Tenho quase um metro e noventa de altura e ela é trinta centímetros mais baixa.

— Ah, mas por aqui ainda temos poucos casos — argumento. Não gosto nada da ideia da minha irmãzinha ficar tão próxima do epicentro atual da pandemia.

— Não sabemos se estamos sendo informados corretamente.

Fico em silêncio. Apesar de não ser fã de teorias da conspiração, a situação política do Brasil está tão caótica que a omissão de dados pode ser mesmo possível.

— Vai tomar cuidado?

— Vou. — Seu olhar é carinhoso. — Você também precisa tomar. — Ela aponta para a caixa. Quando abro encontro álcool em gel, várias máscaras cirúrgicas e luvas.

— Eu não pretendo sair.

— Mas vai precisar se proteger do que vier de fora. — Ela passa os próximos minutos me contando tudo o que seu namorado lhe falou sobre a Covid-19. — Vai tomar cuidado? — ela repete a pergunta que fiz.

— Vou. São só quinze dias, né? — Seu olhar tenta me passar uma esperança que vejo que ela não sente.

Carolina me abraça, dando-me uma última olhada de cima a baixo. Sei que ela está analisando cada detalhe sobre mim e constatando o quanto estou no fundo do poço.

— Você sabe que eu faria qualquer coisa por você, não sabe? — pergunto, enquanto ela sorri, tentando evitar que as lágrimas transbordem. Mal nos falamos no último mês.

Essa loucura de pandemia me fez ver que todas as pessoas que amo estão em risco. Como Naomi me mostrou, até os jogos de futebol foram adiados, o que eu nunca vi acontecer. Não se mexe com a indústria dos esportes à toa. É grave.

— É bom saber que você faria qualquer coisa por mim, Dani — Carolina interrompe o fluxo dos meus pensamentos —, porque tenho um favorzinho para te pedir.

— Que favor?

— Você sabe quem está hospedada lá em casa, então serei direta e reta: ela precisa de ajuda.

Encaro Carolina, chocado. Apesar de não culpar sua hóspede pelo tiro dado pelo namorado, a última coisa que quero e preciso fazer é ficar perto dessa moça. Cruzo os braços, irritado. Se senti algum bem-estar hoje, ele se esvaiu. Sinto-me tenso, nervoso, prestes a explodir. Antes que minha irmã continue, digo:

— A resposta é não. De jeito nenhum.

9
Julia

> "They say it won't be hard,
> they can't see the battles in my heart
> But when I turn away
> The demons seem to stay
> 'Cause inner demons don't play well with angels
> They cheat and lie and steal and break and bruise
> Angels please protect me from these rebels
> This is a battle I don't want to lose."*
>
> JULIA BRENNAN, *Inner Demons*

Recebo uma mensagem de Lucia:

Está sendo impossível segurar minha mãe em casa!

Estamos preocupadas com tia Maria. Ela até acredita na existência de um vírus mortal que assola o mundo, mas parece pensar que é imune. Ela diz que precisa trabalhar, porque sem dinheiro a comida não chega à mesa. É claro que ela tem razão e me sinto péssima por não poder ajudá-las, mas

---

* Eles dizem que não será difícil, eles não podem ver as batalhas no meu coração/ Mas quando eu me afasto/ Os demônios parecem ficar/ Porque demônios interiores não se dão bem com os anjos/ Eles enganam e mentem, e roubam e quebram e magoam/ Anjos, por favor, protejam-me desses rebeldes/ Esta é uma batalha que eu não quero perder.

agora nem emprego eu tenho mais. Pedi para ser afastada do hospital porque era um lugar óbvio para o Eduardo me procurar. Eu trabalhava lá havia pouco mais de um ano, então não tinha muito o que receber.

Fico ansiosa por estar longe e não poder tentar colocar um pouco de juízo na cabeça da tia. Pressiono minha testa, começo a sentir uma pontada de dor. Além da medicação prescrita pelo neurologista, não estou tomando mais nada. Carolina tentou me convencer a me consultar com a Yumi e tomar algum ansiolítico, mas eu não quis. Já abusei demais dessa família.

Olho pela janela e observo o céu azul. Logo será noite. A parte mais difícil do dia desde que acordei do coma. É quando as enxaquecas surgem com mais frequência.

Acaricio as teclas do piano preto, que fica no canto da sala.

Vida.

Ainda que não as aperte com a força necessária para emitir som, sei que dali sai vida em forma de notas musicais.

Meu pai é músico. Toca qualquer instrumento que for colocado em sua frente. Quando ele era mais novo, tentou a sorte com a vida de músico. Não deu certo. Minha mãe dizia que na cabeça dele não havia nada além de melodia, harmonia e ritmo.

Herdei parte do seu dom. Qualquer instrumento com teclas vira música sob meus dedos. Eu canto também. Quer dizer... cantava. Foi por me ver cantando na porta de casa que Eduardo me bateu. Eu não estava fazendo nada além de cantar com Lucia e tia Maria, e isso me custou tanto.

A porta se abre e Carolina entra no apartamento.

— Acho que meu irmão vai ficar bem. — Seu tom é misterioso e sua expressão não demonstra que ela está muito certa do que disse.

— Que bom. — Não pergunto nada. Não é da minha conta.

Eu sei quem é o irmão dela. Sei que é o ex-marido da Dra. Rebeca. Sei que eles nem tinham se divorciado, então tecnicamente ele é viúvo. Também sei que ele já estava mal antes de perdê-la e que causei mais dor ainda.

Reparo na foto sobre o piano, Carolina aparece entre os irmãos — todos sorridentes — quando deviam ter mais ou menos vinte anos. Não faço ideia de como ele deve ser hoje em dia. Com certeza deve parecer bem triste. E a culpa me invade de novo.

— Ele sabe sobre você. Sabe quem é e o que sofreu.

Bela forma de atenuar o fato de que causei a morte de uma pessoa a quem ele provavelmente ainda amava. Não consigo dizer nada e ela continua:

— Bom, ele está no modo ermitão e ficará assim até Deus sabe quando. Com a pandemia, ele tem ainda mais desculpa para se esconder, mas eu acho que em algum momento vocês terão que lidar um com o outro.

Espero que nunca, mas não digo nada.

— Você tem certeza de que não é melhor eu ficar em outro lugar? — insisto numa conversa que já tivemos.

— De jeito nenhum. Tudo continua como combinamos. Você ficará o quanto precisar. Sairá quando se sentir segura.

Estremeço, com o coração acelerando. Então é provável que eu não saia nunca.

Carolina caminha na minha direção e me dá um abraço. Não dá tempo de ter qualquer reação. Fico estática. Meus olhos se enchem de lágrimas. Sinto-me grata e culpada.

— Não sei como pagar por tudo isso. — Enxugo os olhos com o dorso da mão direita.

— Vivendo. — Ela diz algo parecido com o que a Dra. Rebeca me disse. — Ah, mas tem umas coisinhas que pode fazer por mim.

— Claro — respondo, ansiosa por retribuir. — O que quiser.

— Cuidar do Pumba. — Ao ser anunciado, o gato siamês entra na sala como se fosse o dono do lugar. Ele se afeiçoou a mim no minuto em que me viu. Era como se ele soubesse que eu precisava de carinho.

— Eu o tratarei como o reizinho que ele é. — Abaixo-me para fazer um afago em sua cabeça, o que ele aceita por alguns segundos e depois se afasta, pulando no sofá.

— Tem outro animalzinho. Ele vai dar mais trabalho. — Carolina faz um bico como se avaliasse a situação.

— Qual? — Estranho. O único bichinho que vi no apartamento é o Pumba.

— Minha sobrinha o chama de Nessie.

10
Daniel

> "I'll be here waiting
> Hoping
> Praying
> That this light will guide you home
> When you're feeling lost
> I'll leave, my love
> Hidden in the sun
> For when the darkness comes
> For when the darkness comes."*
>
> COLBIE CAILLAT, *When the Darkness Comes*

Estou sentado no chão, com as costas apoiadas no sofá e o notebook no colo, vendo fotos e vídeos antigos. Não sei por que iniciei o processo, mas, a cada arquivo que eu fecho, abro outro. Eu sinto que, se parar, mergulharei na dor, mas não percebo que uma corrente de culpa me prende e arrasta para o fundo da escuridão enquanto permito que pensamentos destrutivos me consumam.

Ainda acredito que, quando eu menos esperar, Rebeca abrirá a porta e Giulia entrará correndo, me contando sobre alguma aventura. Eu me

---
* Eu vou estar aqui esperando/ Torcendo/ Rezando/ Para que esta luz guie você para casa/ Quando você estiver se sentindo perdido/ Eu vou deixar o meu amor/ Escondido no sol/ Para quando a escuridão vier/ Para quando a escuridão vier.

perco em pensamentos que sei que não são reais, em que meu casamento não se desestruturou e minha filha cresce saudável e feliz. Ser escritor não torna a situação mais fácil. Pelo contrário. Por mais tempo que eu passe em minhas fantasias de que tudo está bem, quando preciso colocar os pés no chão esmigalho meu coração com a verdade: o tempo não volta.

Recebo uma mensagem do meu irmão e respondo automaticamente. Consigo sentir a preocupação dele nas palavras. Eu tinha doze anos quando meu pai foi embora, Leandro tinha nove, e decidimos que era nosso dever proteger nossa mãe e nossa irmã, que tinha apenas quatro anos.

"Você é o homem da casa. Precisa cuidar da sua mãe e dos seus irmãos", perdi as contas de quantas vezes ouvi isso de um familiar, vizinho ou amigo da família. Pensamento machista e burro de uma geração que se destrói enquanto esconde tudo o que sente.

Minha mãe também pensava assim. Ela nos dizia que não adiantava chorar pelo leite derramado. "Não se pode mudar o que Deus quis", ela dizia. Era como se tentasse se convencer de que não podia sofrer, não podia libertar seus sentimentos. Todos temos um pouco disso, desse lado que resiste e parece ser inabalável. A Rebeca reclamava disso, porque ela enxergava a fragilidade através da máscara de força.

Quando a Gigi ficou doente, não consegui mais esconder, mas era horrível. Eu estava fragilizado e não queria que Rebeca dissesse nada a respeito. E, quando ela tentava conversar, eu me sentia pressionado e fraco por não aguentar a pancada que a vida estava me dando.

É a primeira vez que desabo, não sei como ficar em pé outra vez e não me importo com o que os outros pensem a respeito.

Conforme eu crescia, me voltei para a escrita e demorei a entender que os sentimentos que "inventava" para os personagens eram reflexos dos meus. Fiz terapia um tempo, depois de casado, de tanto que a Rebeca pediu. Ajudou-me a ver algumas coisas e a acessar dores que eu fingia que não existiam. Foi quando parei. Não preciso escavar mais meus sentimentos para saber o quanto de escuridão há em mim.

Quando meu pai retornou para a nossa vida, meu irmão e eu já tínhamos mais de trinta anos. Por nós, seria mais fácil ter fechado a porta, mas a Carolina parecia um filhote alegre numa feira de adoção de animais. Ela queria o pai de volta. Se eu pensar bem, admito que o Leandro queria o mesmo, mas ele fingia que não porque esperava estar de acordo comigo. Honestamente, às vezes penso que parte de mim o queria por perto, mas eu me sentia mal quando pensava em minha mãe, que se transformou nessa pessoa que escondia os sentimentos após sua partida. Então, fiz o que acreditei que fosse melhor para ela; afinal, foi ela quem ficou quando éramos crianças.

Minha avó, mãe do meu pai, ficava possessa com nosso comportamento. De não conversar sobre nossos sentimentos. Ela dizia que éramos iguaizinhos a — quem diria? — nosso pai. Não que mamãe fosse diferente, como já ficou evidente. Foi com ela que aprendemos que é melhor não falar sobre a dor e seguir em frente. "A vida não espera que nos recuperemos de um baque. Ela segue", ela repetia enquanto crescíamos.

Isso foi um erro. Éramos crianças que precisavam de ajuda. Agora, adulto, todos esperam que eu simplesmente me levante e siga em frente. Não dá.

A campainha toca sem parar e sei que é Naomi, uma vez que Carolina avisou no grupo da família que já tinha saído para o aeroporto, e não conheço mais ninguém que teria a ousadia de tocá-la dessa forma. Não entendo como a campainha ainda não queimou.

Não vou abrir a porta. Não falo com ninguém há dois dias, desde que minha irmã veio aqui com aquela conversa sem sentido. Eu sinto muito pela moça do outro lado do corredor. Lamento muito pelo trauma que ela tem que viver agora. Mas também sinto raiva, é inevitável. Minhas feridas ainda estão abertas. Como Rebeca vivia dizendo? "Você não pode curar o outro, se não curar a si mesmo antes." Eu discordo. Passei a vida tentando curar outras pessoas. Pensava que podíamos, sim, ajudar alguém enquanto estamos nos reconstruindo, mas agora penso que é melhor ouvir o que minha ex-mulher tinha a dizer. Até porque minha terapeuta chegou a dizer algo parecido: "que eu tenho complexo de salvador e não admito estar em posição de vítima".

Ora, ora, e onde é que estou agora? A pobre vítima. Se eu voltar para a terapia, aposto que ela dirá que é daí que vem tanta raiva. Ela acertaria em partes. No momento, sinto dor e raiva... e inveja. É... invejo Rebeca por ter escapado de sentir dor. Isso faz de mim um ser humano horrível? Talvez. Eu me sinto horrível. Rebeca era infinitamente melhor e, se eu tivesse partido em seu lugar, mais vidas poderiam ser salvas.

    A ironia disso me faz dar um sorriso triste, acompanhado de uma enxurrada de lágrimas. "Você não me escuta!", a voz de Rebeca reverberou em meus pensamentos. Essa foi uma das frases que ela mais repetiu nos últimos anos. Não tenho como argumentar. Eu não a ouvia. Desde que Giulia ficou doente, eu não ouvia ninguém. Nada mais importava. E eu já vinha mal desde que meu pai voltou e minha mãe se fechou mais. Ela ainda não nos perdoou por termos aceitado os apartamentos de presente. Mas como rejeitar o pedido da vovó em leito de morte? "Morem apenas três anos no mesmo prédio. É tudo o que peço. E falem uns com os outros. Eu não estarei mais aqui para fazer a ponte." Ela nos pediu isso mais de uma vez, até que os três aceitassem. Quer dizer, Carolina aceitou no momento em que nosso pai propôs, e Leandro aceitou assim que eu disse sim à vovó. Não era pelo meu pai. Era por ela. Nenhum de nós sabia que meu pai também estava doente. Ele morreu dois meses depois da vovó. Morreu sem que eu o perdoasse. Não sei sobre meus irmãos. Depois que ele se foi, nós nunca mais falamos sobre o assunto, por mais que Carolina tenha tentado. Também não sei se ela e Leandro conversam sobre isso.

    Os três anos venceram quando estávamos no meio do tratamento da Giulia e eu não tinha como pensar em me mudar, que era o que eu esperava ter feito desde o dia em que viemos para cá. Na época, aceitei porque Rebeca me convenceu. No início do nosso casamento Rebeca era capaz de me convencer a fazer qualquer coisa. Mas depois que recebemos o diagnóstico de Giulia eu não tinha cabeça para mais nada, nem para Rebeca. Nosso relacionamento estava totalmente desgastado. O fato de minha carreira prosperar muito não nos ajudou. Tudo o que eu escrevia virava ouro e se multiplicava. Os pedidos por mais nunca paravam. Festas, dinheiro, status, diversão, álcool... Nada me dava tanto prazer quanto ser o centro das atenções. Hoje eu queria desaparecer.

A campainha para de tocar e Naomi começa a esmurrar a porta enquanto diz:

— Abre, Nessie. Eu sei que está aí, mesmo quando está submerso.

A voz carrega um nível de dor pesado demais para uma adolescente de quatorze anos. Pensando bem, eu sentia uma tristeza enorme nessa idade, mas já tinha aprendido a fingir que não. Na idade de Naomi, eu já trabalhava para ajudar minha mãe a sustentar meus irmãos; eu bebia escondido para aliviar um pouco da dor; eu já havia aprendido que devia ser o herói que salvaria a todos. A Naomi não finge, apesar de esconder a razão. Sei que ela me ama, mas acho que minha dor não é o motivo para deixá-la tão abatida. E eu não quero sobrecarregá-la. É melhor que eu não a deixe entrar. Ela precisa entender que não vai me salvar.

Fecho o notebook e o empurro para o lado, enquanto me deito no chão, encolhido. Metade do corpo está fora do tapete, mas o frio do piso não me incomoda.

Minha sobrinha solta um palavrão que nunca a ouvi dizer antes. Puxo uma almofada do sofá e cubro a cabeça. Como se fosse possível calar o barulho que me sufoca.

De repente, o silêncio. Prendo a respiração por alguns instantes, tentando ouvir se Naomi ainda está lá. Parece que ela se foi. O único som que ouço é o da tempestade que cai lá fora.

Continuo na mesma posição até adormecer.

11
Julia

> "Don't be, don't be afraid
> Our mistakes, they were bound to be made
> But I promise you I'll keep you safe
> I'll keep you safe."*
>
> SLEEPING AT LAST, *I'll Keep You Safe*

Não é a primeira vez na vida que sinto como se estivesse sendo levada pela maré. Meu corpo está parado, sem reação, seguindo o fluxo das águas que me arrastam. Eu posso morrer se elas me levarem para o fundo, afinal nunca aprendi a nadar — nem física nem emocionalmente. Quase estive perto de me afogar mais vezes do que me lembro, mas sempre aparece alguém e me puxa para o raso. A pessoa da vez é Carolina.

Desde que tive alta do hospital, ainda estou tentando processar o que aconteceu. O resultado toda vez termina em culpa e em uma grande dúvida: de onde surgiram todas essas mulheres dispostas a me salvar?

Não posso ser ingrata com tia Maria e Lucia. Elas dariam a vida por mim, como eu daria a minha por elas, sem pensar duas vezes. Mas tudo o que temos para oferecer umas às outras é isso: nós mesmas. É incrível

---

* Não tenha, não tenha medo/ Nossos erros, eles foram destinados a serem cometidos/ Mas eu prometo que vou mantê-la segura/ Eu vou mantê-la segura.

como é mais fácil salvar uma vida se houver dinheiro e contatos envolvidos. Eu sei que Eduardo já teria me achado se eu estivesse sozinha nessa fuga. Não há muito o que uma mulher possa fazer se ela precisa se esconder e não tem recursos.

Foi difícil crescer depois da morte da minha mãe. Não, minha infância já era difícil antes disso. Meu pai nunca foi agressivo fisicamente com ela nem comigo, mas ele descontava a frustração por não ter conseguido ser um músico famoso nas pessoas à sua volta. Eles tinham discussões vigorosas na época em que meu pai se apaixonou por uma cantora que se apresentava com ele no bar. Uma das minhas primeiras lembranças de família é de vê-lo arrumando as malas e fechando a porta. Sei que eu devia ter mais memórias do tempo em que eram casados, mas não tenho. Tenho sensações. Eu era amada. Era seguro. Meu pai era seguro. É provável que ele tenha sido o único homem que me passou segurança em toda a vida, mesmo sendo o primeiro a me ensinar que mesmo quem amamos vai embora. Por um tempo, pensei que com Eduardo seria seguro feito era com ele. E até foi. Ele me acolheu. Era como se ele soubesse onde estavam minhas carências e como fazer para que eu me sentisse em casa. Isso durou um tempo. Faz sentido que ele passasse segurança, afinal Eduardo é um policial.

Eu me deixei envolver naquela falsa sensação de segurança, porque era bom. E agora, repensando tudo, sei que cedi em momentos em que deveria ter me imposto: um decote ali, uma saia um pouco mais curta acolá... Eduardo dizia que estava me protegendo, que roupas "impróprias" seriam um perigo para mim, que ele via isso acontecendo todos os dias: boas mulheres morrendo por causa de suas roupas.

Uma vez, ele contou um caso em um churrasco na casa da tia Maria e justificou que era uma pena uma mulher morrer por isso, que devíamos nos preservar mais. Tia Maria arregalou os olhos e disse: "Oxe! Agora roupa pega arma e atira em mulher, é? Quem faz isso são *os homi*. Vocês acham que são donos da gente." Meu coração acelerou um pouco naquele dia. Eu a conhecia bem para ignorar o modo como ela encarou Eduardo, mas eu não o conhecia o suficiente para entender como ele era capaz de sorrir tão friamente. Havia algo soturno ali que entendo apenas agora que quase perdi minha vida nas mãos dele. Quando a culpa por não ter percebido antes me assola, me pergunto se é justo que eu tenha uma segunda chance. Carolina insiste que sim, que não faz sentido um homem destruir a vida de uma mulher, quanto mais de duas.

Carolina é faladeira e efusiva, e até podemos nos enganar pensando que ela não está prestando atenção em como estamos, mas ela observa cada detalhe. Ela me fez prometer que eu começaria a terapia — coisa que estou protelando desde a alta. Será que eu consigo falar sobre tudo sem estourar as barragens que me afogarão de vez?

Faz uma hora que Carolina saiu. Estou sentada, encostada na porta, tentando não chorar. Ficarei sozinha pelos próximos quinze dias. Faltam treze dias para o fim do isolamento social para tentar controlar a pandemia, mas isso não muda muito. Eduardo está solto, então eu estou presa de qualquer jeito. Ele me encontrará se eu ousar sair.

Um trovão estoura no ar e me sobressalto. A chuva desaba em seguida. Pergunto-me se fechei as janelas e me tranquilizo: fechei tudo quando o céu começou a escurecer.

Permaneço sentada e meu corpo enrijece quando escuto o barulho da porta do elevador abrindo no meu andar. Em seguida ouço a campainha do apartamento vizinho, do irmão da Carolina. É tão estridente que eu ouviria mesmo que não estivesse colada à porta de entrada.

Eu me levanto para olhar pelo olho mágico quando ouço a voz da sobrinha adolescente de Carolina. Eu a vi uma vez, quando ela veio se despedir da tia. Ela parece estar bem nervosa e o tio não parece disposto a abrir a porta. A jovem solta um palavrão e está prestes a tocar a campainha outra vez, quando abro uma fresta da porta e ela se vira para olhar.

— Você precisa de algo? — Não sei o que me leva a perguntar isso, mas a menina é sobrinha de Carolina, e prometi que faria o que estivesse ao meu alcance para agradecer pelo que ela está fazendo por mim.

A garota de cabelos coloridos estreita os olhos para me observar e não demora a sorrir, virando a aba do boné para trás e abaixando a máscara descartável, daquelas que vi um médico nos orientando a usar para prevenção da Covid-19.

— Não era bem a porta que eu estava esperando abrir, mas... é aquela célebre frase: quando uma porta se fecha, a porta da frente pode nos trazer uma surpresa.

— Quem disse isso? — Abro a porta o suficiente para que ela entre. Não preciso de muito, já que ela é uma adolescente pequena.

Ela entra, fecha a porta, pega um borrifador e passa álcool nos braços e na sola dos tênis, que tira e deixa perto da porta. Depois me oferece. Ela se abaixa para pegar Pumba no colo — ele correu para saudá-la assim que a viu.

— Eu disse. — Ela esfrega sua testa na cabeça do bichinho. — Eu tenho muita coisa interessante a dizer, não que alguém escute. Você vai perceber, se continuar com a porta aberta.

Percebo que há muito mais do que ela diz naquela sentença, mas não respondo. Ela precisa falar e eu preciso colocar minha energia em qualquer coisa que não seja enfrentar meus demônios.

***

Estamos conversando há uns vinte minutos quando pergunto se ela quer me ajudar a preparar bolinhos de chuva. Ela fala bastante. Tanto quanto Carolina. Mas ainda não disse nada muito pessoal, além do que acha de um ou outro seriado.

— Seus pais sabem que está aqui? — Coloco a farinha de trigo sobre o balcão da cozinha e abro a geladeira para pegar os ingredientes que faltam para preparar o bolinho de chuva.

— Eu avisei que ia ao tio Daniel — Ela dá de ombros. — Não posso afirmar que eles prestaram atenção.

— Eles estão em casa?

— Uhum... Por causa da pandemia mamãe está atendendo on-line e o papai está corrigindo os trabalhos dos alunos. Ela é psiquiatra. Ele é um monte de coisas e professor também, acho que é disso que ele mais gosta. Ele anda em pânico sem saber como vai ser voltar às aulas com um vírus desse por aí. A minha mãe diz que ele está exagerando como sempre.

— Como é ser criada por uma psiquiatra?

— Normal, eu acho. Ela trabalha muito. Não tem muito tempo de ficar me analisando, se foi sobre isso o que pensou. Sou mais próxima do meu pai, mas acho que é porque ele fica mais em casa. Onde estão seus pais? O que eles fazem?

— Meu pai mora em Minas. Ele está aposentado, mas ainda trabalha como caseiro numa fazenda. Quando eu era criança ele tentou a carreira de músico, mas desistiu. Minha mãe morreu quando eu era pequena.

— Eu sinto muito. Desculpa pela pergunta.

— Você não tem culpa. Eu perguntei sobre seus pais primeiro. Fiquei com receio de preocupá-los.

— Não vai. Meu pai sabe que o único lugar onde vou é no tio Daniel. Ele é escritor, sabe? De novela e tudo. Sabe aquela com a Paola Cassarela, que fez o maior sucesso? — Assinto. Eu adorava aquela novela, mas não falo nada sobre isso. — É dele. Quando a Giulia era pequena, eu passava muito tempo lá. Ele costumava nos contar histórias quando não estava escrevendo. Era bem legal. Foi uma boa ideia do vovô deixá-los todos perto, sabe? Mas a bisa me disse que eles precisavam de uma ponte. Eu era pequena e não entendi bem, na época. — Sua voz vacila um pouco. Evito fazer qualquer pergunta. — Enfim, não posso descer no saguão do prédio e muito menos sair por causa da pandemia, mas isso não faz diferença.

— Não sente falta da escola e dos seus amigos?

A rapidez com que ela balança a cabeça de forma negativa me surpreende e me causa identificação. Se não fosse a Lucia, eu não teria amigos. Não é que eu não conheça outras pessoas, eu só não permito que elas cheguem perto demais a ponto de me machucar. Eduardo foi exceção e olha o que aconteceu.

Eu a observo cutucar a unha do indicador e reconheço mais um hábito em comum. As unhas estão no talo e há feridas nas cutículas. Ela puxa as mangas da camisa preta para baixo, quando percebe meu olhar.

— O que acha de um chocolate quente para acompanhar os bolinhos de chuva?

Minha pergunta faz seu rosto se iluminar em um sorriso.

12
Daniel

> "I know it's all you've got to just be strong
> And it's a fight just to keep it together
> I know you think that you are too far gone
> But hope is never lost
> Hope is never lost."*
>
> BRIAN AND JENN JOHNSON, *You're Gonna Be Ok*

O celular toca e me acorda. São quase três da tarde. É meu irmão.

— Oi, mano — Minha voz está grogue de sono. Cada vez mais meu corpo entra em um ritmo noturno.

— Oi, Dani. Passei aí mais cedo. Você desligou a campainha?

Pego em flagrante.

— Devo ter esbarrado na caixinha. — Não vou contar para ele que arranquei a caixa de som da campainha da parede em um acesso de raiva.

— Como a Naomi avisa que está chegando?

A pergunta me faz sentar na cama. Não vejo minha sobrinha há mais de uma semana.

---

* Eu sei que tudo o que você tem que ser, é ser forte/ E é uma luta apenas para manter-se inteiro/ Eu sei que você pensa que você está muito longe/ Mas a esperança nunca está perdida/ A esperança nunca está perdida.

— Como se ela precisasse de campainha. — Tento ganhar tempo e o ouço rir.

— Ela anda muito quieta aqui em casa. Fechada. Parece alguém, sabe?

— Você? — resmungo, mas sei que, apesar de o meu irmão ser fechado, eu me tornei uma fortaleza cercada por raios laser.

— Está engraçadinho hoje, né? Isso é bom. O que acha de a gente fazer um lanche aí amanhã?

— Não está rolando uma pandemia? — Meu tom saiu um pouco mais irritado do que previ. Devo ser o único ser humano que não consegue se isolar nem em uma situação extrema.

— Eu não saio de casa, rapaz. Nem ao mercado nós vamos. São só uns dias. Ninguém vai morrer, se se mantiver em casa. Tudo é feito on-line, inclusive a compra dos ingredientes que vou usar para preparar os lanches.

Concordo com a pequena reunião porque sei que Leandro deve estar enlouquecendo após dez dias sem sair. Eu gostava de trabalhar o máximo que pudesse em casa, então confesso que ficar aqui é tranquilo. Na verdade, ficar aqui, em silêncio, é tudo que preciso.

Meu irmão fica feliz, e não consigo conter um pequeno sorriso. De todas as pessoas que conheço, não há ninguém que fique feliz com coisas tão simples quanto ele. Se eu me tornei especialista em proteger as pessoas, ele se tornou especialista em fazê-las se sentir bem. É por isso que estranho o fato de confirmar que minha sobrinha não está bem e mais ainda de não saber para onde ela está indo.

Envio uma mensagem para Naomi perguntando onde ela está. Ela visualiza e não responde. Insisto e recebo:

Veja se estou embaixo da cama onde você se esconde, Nessie!

E envia um emoji revirando os olhos. Irritado, ligo para ela, que rejeita a chamada. Mas que peste!

Não me resta escolha. Ligo para o porteiro e descubro que ela não sai do prédio desde antes do isolamento começar. O que está acontecendo?

***

Passo quase três horas sentado, encostado à porta de entrada. O porteiro garantiu que, pela câmera do elevador, Naomi para sempre no meu andar. Ele chegou a dizer que até ficou feliz ao ver que eu não estava me isolando completamente. Aparentemente até o porteiro cuida da minha vida. Sou educado e agradeço por ele se importar. Mesmo que isso me irrite por parecer uma cobrança para que eu me recupere logo, no fim estão todos querendo que eu fique bem. Um desejo impossível a menos que eles saibam como voltar no tempo.

Ouço o barulho da porta da frente se abrindo e me levanto. Em silêncio, observo pelo olho mágico. A porta se abre bem pouquinho e, antes de a minha sobrinha sair, reparo que ela está sorrindo.

Sorrindo.

Confiro, pasmo. Há um sorriso em seu rosto.

A menina está no fim do que parece ser uma gargalhada.

Não consigo ver nada mais pelo espaço aberto e insisto até ver Naomi colocar a máscara, logo depois a porta se fecha. Antes que ela tenha tempo de chamar o elevador, abro a minha porta. Com o rosto parcialmente coberto, tudo o que posso ver são seus olhos arregalados enquanto ela diz:

— Droga...

13
Julia

> "I'm just tryin' to paint the picture for me
> Something I could give a damn
> About at maybe 40 years
> And I be ready and willing
> And able to edit the story
> Cause there's so many people here
> To be so damn lonely."*
>
> ONE REPUBLIC, *Connection*

Naomi aparece dia sim, dia não. Ela diz que me dá um dia livre para eu perceber que ela é uma boa companhia. Acho graça. Ela realmente é uma boa companhia, apesar de se questionar muito sobre isso.

Enquanto ela está aqui, assistimos a série *Anne with an E*.

— Gosto de como Anne consegue se encaixar, mesmo quando ela pensa que não se encaixa.

Não faço comentários sobre a afirmação. Estou aprendendo que Naomi permite que você a conheça pelos detalhes. Ela se mistura aos personagens das séries para falar sobre o que sente.

---

* Eu estou apenas tentando imaginar algo para mim/ Algo que eu pudesse me importar/ Por volta, talvez dos 40 anos/ E eu estou pronto e disposto/ E capaz de editar a história/ Porque tem tanta gente aqui/ Para ser tão solitário.

Quando ela vem, faço bolinhos de chuva, cupcakes e chocolate quente. Gosto de observar como ela se sente querida. O gato Pumba completa nossa turma, quando se ajeita entre nós no sofá.

O dia vai chegando ao fim e tomo um banho. Saio do chuveiro e me enrolo na toalha, olhando-me no espelho parcialmente embaçado. Meus cabelos castanhos estão sem corte e caem sobre meus ombros. Ergo-os para cima da cabeça e toco a cicatriz deixada pelo tiro. Tive mais de um quarto da cabeça raspada para a cirurgia, e não conseguiria esconder a marca se não tivesse os cabelos tão cheios e cacheados.

Ainda não recuperei o peso que perdi durante meu tempo no hospital. Nem sempre tenho vontade de comer, por isso aproveito o tempo que estou com Naomi. Quando a vejo feliz, fico feliz, mesmo sabendo que o sentimento será passageiro e partirá com ela.

Coloco o pijama que Carolina comprou para mim e me afundo na cama, cobrindo-me com o edredom. Sou grata por toda ajuda que estou recebendo, mas não consigo evitar sentir culpa.

Pumba vem quase que imediatamente e se ajeita perto dos meus pés.

Passei a última semana pensando no que posso fazer para ganhar dinheiro, e de uma conversa com Naomi pode ter surgido uma boa ideia. Não posso depender da ajuda de Carolina e ainda não sei o que fazer sem sair de casa.

Contei a Carolina que sua sobrinha tem vindo aqui e que acredito que os pais não saibam. Não sei se ela contará a eles, mas essa parte não me pertence. Pelas coisas que Naomi fala, sua família é muito próxima, fisicamente falando, mas não permite que ela se abra com facilidade. Quem sou eu para julgá-los?

Ligo a televisão e Pumba reclama.

— Me desculpa pela luz, gatinho, mas você sabe que não vou conseguir dormir tão cedo.

Assisto a um pouco do jornal e sou atualizada sobre a pandemia. Mortes, doentes, falta de leitos, países inteiros entrando em colapso. Não se sabe ao certo como as coisas serão no Brasil. As estimativas não são boas e os números sobem mais a cada dia.

A tia Maria não deixou de trabalhar. Meu pai também não, mas ele sequer acredita que haja uma doença. Isso soa tão estranho. Sei que sou suspeita, mas ele sempre foi um dos homens mais inteligentes que conheci: como não enxerga o óbvio?

Quando foi que ele deixou sua sensatez de lado e passou a ser alguém que se informa por correntes de redes sociais?

Se tento falar com ele e mostrar números, estudos e qualquer informação baseada em fontes confiáveis, ele desdenha e avisa que não preciso me preocupar, que ele ficará bem.

Mas eu me preocupo. Essa doença não faz distinção de quem acredita ou não nela. E não me parece que ela vai embora tão cedo.

14
Daniel

"Oh, I always let you down
You're shattered on the ground
But still I find you there
Next to me
And oh, stupid things I do
I'm far from good, it's true
But still I find you
Next to me."*

Imagine Dragons, *Next to Me*

Naomi cruza a minha porta borrifando álcool nas mãos e tirando a máscara, assim como os tênis, que deixa em um cantinho da sala. Penso se isso não é um exagero, mas não digo nada. Ela está recuperada do choque inicial de ser surpreendida por mim e se joga na minha poltrona preferida, colocando os pés — calçados com meias estampadas do Bob Esponja — sobre a mesa.

— Ora, ora, ora, veja só quem ainda está respirando... — murmura Naomi ao me olhar parado em sua frente, chateada, com os braços cru-

---

* Oh, eu sempre te decepciono/ Você fica destruída, no chão/ Mas, ainda assim, eu te encontro aqui/ Ao meu lado/ E oh, eu faço tantas coisas estúpidas/ Eu estou longe de ser bom, é verdade/ Mas, ainda assim, eu te encontro/ Ao meu lado.

zados. — Você trocou de roupa desde que nos vimos pela última vez, mas, também, foi no século passado.

— Posso saber por que você está brava?

— Não estou brava, estou chateada. Esse é o sentimento. — Seu tom me lembra de sua mãe e do quanto ela fala sobre a importância de nomearmos e entendermos a mensagem de cada sentimento.

— Então, por que está chateada?

— Porque você me deixou lá fora. — Aponta para a porta. Seu lábio inferior treme. — Você me deixou lá fora, tio Daniel — Naomi fala cada uma das palavras devagar.

Minha postura se desarma um pouco. A que ponto de carência minha sobrinha estava para procurar uma completa estranha?

— Você não pode entrar na casa de estranhos, Naomi. — Tento ser firme, mas minha voz é calma. Mesmo assim, ela me fita, franzindo a testa.

— Ela não é uma estranha. É amiga da tia Carolina.

— Elas não são amigas. Ela é um caso que sua tia ajuda.

— Ela é uma pessoa que precisa de ajuda. Nisso você está correto. Mas ela não é um caso. E ela é minha amiga também.

— Como ela pode ser sua amiga?

— Ela me vê. — Naomi se levanta e ergue a cabeça para olhar nos meus olhos. — Ela me escuta. E ela abriu a porta para mim.

Não posso argumentar contra isso. Não posso dizer que a vejo e nem que a escuto, porque, mesmo tendo percebido que algo estava errado, eu não fiz nada a respeito. Eu ignorei a sensação de que ela precisava de mim.

— E nós não fazemos isso? Sua família? — Preciso ouvir sua resposta.

— Vocês veem o que eu mostro. E não dá para dizer que você abre a porta, dá?

Ah, não... Como um bom membro da família, Naomi aprendeu a mostrar apenas o que quer que o outro veja. Isso não tem como ter um resultado positivo.

Não sei o que fazer. Não sei o que dizer. Não sei nem como ajudá-la a nos mostrar o que está sentindo. Então, penso em mim com quatorze anos. Perdido em uma situação em que um menino não deveria estar. Focado em ser a fortaleza que sua família precisa e experiente em esconder o que sente.

Eu puxo minha sobrinha para um abraço. Ela leva às mãos ao rosto e o choro irrompe. Trôpego. Aos soluços. Como se estivesse guardado ali há muito tempo. Eu não faço ideia do que preciso fazer em seguida e, depois de tudo, sei que mal posso salvar a mim mesmo, quanto mais outra pessoa. Mas sei que algo está errado. Algo que ela esconde de todos nós e que de alguma forma se sentiu à vontade para mostrar a uma estranha.

Talvez a mulher do outro lado do corredor seja mesmo uma boa pessoa ou talvez ela seja nociva. Eu não tenho como saber disso se não estiver por perto. Não posso afirmar nada sem a conhecer. Não sei se Naomi contou a ela sobre o que sente, mas minha sobrinha definitivamente está mais aberta do que era antes de visitá-la.

Enquanto afago os cabelos de Naomi, sem fazer falsas promessas de que tudo ficará bem, penso em como posso cruzar a porta da frente se não estou disposto nem a abrir a minha.

**

Meia hora depois, sigo Naomi até a cozinha. Ela pega a última mexerica. Seu rosto está vermelho e inchado, mas está mais calma. Eu prometi que conversarei com a mulher que está no apartamento da minha irmã e ela prometeu que não vai lá até que essa conversa aconteça — desde que eu fale algo até depois de amanhã. É... quem dita as regras do jogo é uma garotinha de um metro e meio.

— O que aconteceu com a campainha? — Ela aponta para a caixinha cheia de fios sobre o balcão.

— Ela caiu.

— Ela caiu? — pergunta enquanto mastiga um gomo de mexerica e me oferece outro.

— Caiu.

— Quero ver esse papo colar com o cara que vai ter que instalar outra. — Ela se refere ao pai, que é quem arruma o que para de funcionar em nossas casas.

— Vou falar com ele amanhã à noite. Vocês vêm lanchar aqui.

— Isso é demais! Você vai voltar a socializar.

— Eu vou lanchar com você e seus pais. Nada de mais.

— Chato. — Ela joga as cascas no lixo e sorri ao me olhar. Já sei que vem bomba. — Posso chamar minha amiga aí da frente?

— Não força. — Balanço a cabeça negativamente.

— Ok, ok, vamos um passo de cada vez. — Ela ergue as mãos. — Sem pressão.

— Não vamos nada. Sem passo algum. Você fica paradinha. Ainda não decidi o que fazer.

— Ai, ai... Tá bom, Nessie. Você decide, mas lembre-se de que tem até depois de amanhã.

***

É tarde da madrugada quando decido o que fazer. Pego um dos blocos de post-its na gaveta da mesa da minha escrivaninha, uma caneta e caminho até a minha porta. Levo mais alguns segundos até ter certeza de que esse é um bom caminho. Terá que ser, porque é o único em que consigo pensar.

Percebo que nunca perguntei o nome da mulher e nem minha irmã ou Naomi disseram. Quase uso isso como desculpa para evitar o próximo passo, mas a imagem da minha sobrinha chorando assombra meus pensamentos.

Escrevo seis palavras. Elas são o suficiente para passar a mensagem. Saio do apartamento, colo o post-it na porta e volto.

— Droga — murmuro enquanto escrevo mais quatro palavras.

Saio outra vez, colo o post-it ao lado do outro e encaro a campainha. A luz da sala se acende, o que me mostra que ela está acordada. Ouço Pumba arranhando a porta, provavelmente sentindo meu cheiro. Corro para o meu apartamento, antes que ela me veja parado aqui. Naomi não me chama de Nessie à toa. Meu estado é lastimável.

Fecho a porta com a respiração acelerada. Interagir com outro ser humano é a última coisa que eu gostaria de fazer, ainda mais um desconhecido.

— É pela Naomi — digo isso em voz alta tentando acalmar o que parece ser uma crise de ansiedade. — É pela Naomi.

15
Julia

> "It's time to begin, isn't it?
> I get a little bit bigger
> But then, I'll admit
> I'm just the same as I was
> Now, don't you understand?
> That I'm never changing who I am."*
>
> IMAGINE DRAGONS, *It's Time*

Acordo de um pesadelo, sobressaltada. Sento-me na cama e Pumba está me encarando, com os pelos ouriçados, iluminado pela luz da televisão ligada. Minha testa está molhada e a boca seca.

Pumba se aproxima devagar, parando com a patinha no ar, checando se é seguro.

— Está tudo bem... Foi só um pesadelo — digo, baixinho, como se ele tivesse compartilhado das imagens do meu inconsciente.

Ele mia alto e pula da cama, parando perto da porta para me olhar, antes de miar de novo.

— Você está com fome?

---

* É a hora de começar, não é?/ Fiquei um pouco maior/ Mas, agora, vou admitir/ Sou apenas o mesmo que eu era/ Agora, você não entende?/ Que eu nunca vou mudar quem sou.

Outro miado. Confiro seus potinhos de água e comida. Acrescento um pouquinho de ração, mesmo não precisando. Ele nem liga, o que prova que não é isso o que o incomoda. Eu o sigo pelo corredor até a sala. Acendo a luz.

— O que você quer?

Ele mia, vai até a porta e fica sobre duas patas, usando as outras para arranhar a madeira. Já o vi se comportando assim quando Carolina saía e estava perto de voltar.

— A Carolina vai demorar um pouco para voltar dessa vez, amiguinho.

Pumba me ignora e continua arranhando a porta sem parar. Uma porta bate e me sobressalto. Só pode ser a porta da frente.

O gato vem até mim e volta até a porta, pulando na maçaneta, que não abre, afinal está trancada. Eu me aproximo devagar. Ele não está disposto a se acalmar e não saber o que está acontecendo me deixa mais tensa do que já estou.

Observo pelo olho mágico, não há ninguém ali.

— Eu não posso viver com medo... eu não posso viver com medo. — Repito, tremendo de pavor. — Respira, Julia. Não tem como ser o Eduardo. Foi a porta da frente batendo.

Pumba mia, eu me inclino para baixo e ele salta em meu colo, aconchegando-se. Ele fica tão tranquilo que ronrona.

— Você acha que é seguro abrir?

Ele se espreguiça, esticando-se para lamber meu rosto.

Ok... pode parecer loucura, mas sinto que ele está me respondendo. Ainda segurando-o, abro a porta, devagar. Não há ninguém ali. Estou prestes a fechá-la quando noto dois post-its azuis colados na porta.

Em um está escrito:

Precisamos conversar sobre a minha sobrinha.

E no outro:

Moro aí na frente.

Arranco os post-its, olho para a porta da frente e depois para Pumba, que mia, satisfeito. Não sei o que pensar, mas lembro das últimas palavras que Carolina me disse antes de sair: "Em caso de dúvida, consulte o Pumba."

Não posso dizer que o consultei, de fato, mas, se não fosse por ele, eu jamais teria aberto a porta. Agora que abri, preciso decidir o que responder.

Essa é a questão com as portas. Nem sempre sabemos se devemos ou não abri-las, mas, uma vez abertas, são apenas dois caminhos: atravessá-las ou não.

Ainda estou em dúvida, mesmo sabendo que ele é irmão da Carolina e, em teoria, confiável, então coloco Pumba no chão, pego o bloco de post-it em que Carolina anota o que precisa comprar no mercado, escrevo uma mensagem, saio do apartamento, colo na porta da frente e volto correndo, com o coração aos solavancos.

— Sobre o que seria? — repito as palavras que escrevi, enquanto o gato me observa, estreitando os olhos. Tenho certeza de que estou sendo julgada.

"Sobre o que seria?", meus pensamentos repercutem a frase. É... vai ter que servir.

16
Daniel

> "When your dreams all fail
> And the ones we hail
> Are the worst of all
> And the blood's run stale
> I wanna hide the truth
> I wanna shelter you
> But with the beast inside
> There's nowhere we can hide."*
>
> IMAGINE DRAGONS, *Demons*

— Sobre o que seria? — Estou entre surpreso e indignado, relendo a mensagem da vizinha e pensando no recado que escrevi. — Não está claro? Sobre a minha sobrinha.

Parte de mim quer ir até lá e tocar a campainha para perguntar se não fui objetivo, mas uma parte muito maior de mim quer ficar aqui dentro. Ela não entender pode ser um sinal para deixar isso quieto. Não... não posso deixar quieto. É irresponsabilidade deixar Naomi com uma estranha.

---

* Quando todos os seus sonhos fracassam/ E aqueles que aclamamos/ São os piores de todos/ E o sangue para de correr/ Eu quero esconder a verdade/ Eu quero proteger você/ Mas com a fera dentro/ Não há onde nos escondermos.

Os murros na porta fazem com que eu me sobressalte. Escondo os post-its dentro da gaveta da mesinha perto da janela e abro a porta para que minha sobrinha entre.

— O que está fazendo aqui essa hora da manhã? Pensei que só viesse à noite com seus pais.

— E você ia arrumar tudo sozinho? — Ela me olha, descrente.

— Arrumar tudo o quê?

Em silêncio, ela caminha até os interruptores que abrem as janelas blackout e os aciona. A luz do sol entra pelas frestas e se espalha iluminando os sinais da minha sobrevida. Copos vazios estão sobre a mesa de centro, e pacotes de amendoins estão pelo chão. É basicamente minha principal fonte de alimento, além das frutas que meu irmão traz toda semana. Como apenas o suficiente para manter o corpo em pé. Às vezes, nem isso.

— Minha ausência te faz mal... — Ela aperta os lábios, provavelmente se lembrando de que a causa do meu sofrimento é mesmo ausência. Eu sinto falta da Giulia o tempo todo. — Desculpa — ela pede, e confirma que entendeu o que pensei.

— Você também faz falta, Naomi. — Sou sincero. Mesmo querendo desaparecer do mundo e não ver mais ninguém, não posso negar que Naomi me distrai e me faz bem.

— Que bom. — Seu sorriso acompanha o brilho nos olhos. — Sinto sua falta também. — Ela me abraça, fungando. — Agora vamos à faxina.

***

Duas horas depois, estamos quase terminando. Não deixei Naomi entrar nos quartos. Não estou pronto para abrir certas portas. Ela respeita, mas sei que não vai respeitar para sempre. Minha sobrinha parece decidida a me salvar, como um dia eu quis salvar minha mãe. Ela ainda não entende que algumas pessoas nunca se recuperam.

— Como o isolamento não tem data para acabar, podemos assistir a todas as séries do *Arrowverse* e não apenas *Flash* — menciona mais uma vez as séries de heróis pelas quais é apaixonada.

— Não tem data para acabar?

— Não tem. As aulas foram suspensas por mais um mês, mas o tio Davi disse para o papai que, enquanto não houver uma vacina, nada voltará ao normal.

— Vacinas não se produzem da noite para o dia... — reflito.

— Essa é a questão.

— Podemos assistir aos seriados — resolvo mudar de assunto —, mas não todo dia porque eu preciso... — Procuro uma palavra que não a machuque.

— Do seu espaço, eu sei. — completa, guardando o detergente embaixo da pia da cozinha.

— É... — Minha frase parece um resmungo, mas não consigo evitar.

— Tranquilo. Eu posso ficar na Julia... — Ela empalidece.

Nós nos entreolhamos em silêncio. Sua expressão é de tristeza e culpa. Agora faz sentido o nome da mulher que Rebeca e Carolina acolheram nunca ter sido mencionado.

— Esse é o nome da mulher que está aí na frente? — Eu me encosto ao balcão.

— Uhum. Com "J" e sem o "I". — Ela reforça as diferenças de escrita para o nome da minha Giulia. Eu raramente chamava minha filha pelo nome, mas o fato de a pronúncia ser quase a mesma me baqueia. Imagino como Rebeca deve ter se sentido ao encontrar essa mulher no mesmo dia em que enterramos nossa pequena.

— Que coincidência, né? — Tento processar a informação.

— Talvez não seja só coincidência, mas haja um significado. Sincronicidade, sabe? O conceito do Jung... Uma coincidência significativa. Temos que aproveitar quando o universo nos dá uma chance assim.

— Quem disse isso: sua mãe ou sua tia? — Percebo o quanto as pessoas à minha volta têm debatido sobre minha vida.

— Foi minha mãe conversando com a tia Carol, mas eu sou inteligente o suficiente para pensar nisso sozinha. — Ela me joga o pano de prato molhado, que acerta em cheio no rosto.

— Será mesmo? Uma adolescente que compartilha a alma com uma sábia senhora de idade... — provoco, tentando aliviar o clima ao arremessar o pano de volta e ela se desvia, mostrando-me a língua.

— Olha quem fala... O gigante que se esconde no fundo do lago e tem medo de água igual ao Cascão.

— Eu não tenho medo de água, sua tonta.

— Poderia provar tomando banho hoje. — Ela recolhe o pano de prato e o coloca no tanque.

— Já estava nos meus planos antes de a senhorita falar.

— Duvido. Você estaria perdido sem mim.

— Disso eu não tenho dúvida.

— Vai fazer a barba também?

— Não.

— Você está bem? — Sua preocupação é evidente. — Está chateado comigo?

— Estou bem e não estou chateado. Não se preocupa. Uma hora eu teria de saber. — Procuro manter o tom de voz neutro. Naomi não precisa ficar mal por causa de uma coincidência.

— Bom, agora que sabe, ela pode vir para o lanche? — Ela se anima.

— Não força, menina. — Arranco o boné de sua cabeça e bagunço seus cabelos coloridos.

— Não custa tentar, né? — Ela pula para alcançar o boné e o ergo acima da minha cabeça.

— Ah, pronto, agora você vai tirar proveito do meu tamanho pocket. — Ela puxa a cadeira para que possa subir e me faz rir, genuinamente. A sensação é estranha. Um riso rouco, que há muito desapareceu.

— Com uma sincronicidade sincrônica dessas, eu não poderia deixar de aproveitar — brinco, variando um pouco a palavra que ele usou e atinjo meu objetivo. Ela está rindo quando me responde:

— Afe, como você é ridículo!

— Um ridículo que você ama muito, afinal não me larga. — Devolvo o boné.

— Eu estava muito bem no apartamento da frente até você me pegar em flagrante. — Ela dá de ombros indo para a sala.

Eu a sigo, aproveitando para pegar o post-it com a resposta da moça e mostrar para minha sobrinha.

— Não acha que minha mensagem foi fácil de compreender?

— Talvez.

— Talvez nada.

— Ela só quer saber exatamente do que se trata, tio. Eu sou uma pessoa muito legal e ela já sabe, mas vai saber o que ela pensa a seu respeito.

— O que ela pode pensar de mim?

— Não sei. Ela nunca me disse. Nunca perguntei.

— Pode perguntar, então.

— Claro, mas para isso eu tenho que ir lá e foi você quem disse que eu não podia ir até vocês conversarem. — Ela revira os olhos.

— Amanhã você vai. Fica quinze minutos. Pergunta e vem me dizer.

— Em quinze minutos?

— Sim!

— Preciso de pelo menos uma hora — negocia ela.

— Por quê?

— Tio, o último homem em quem ela confiou lhe deu um tiro e... — Ela não precisa completar: ele também matou a Rebeca. — Ela não precisava abrir a porta para mim, sabe?

Fico em silêncio, processando por uns dois minutos. Naomi não diz nada. Continua sentada, e começa a mexer na ponta dos cabelos. Não sei se é possível que eu me coloque no lugar da Julia. Estou sofrendo e tenho medo de não me recuperar, mas eu sei que posso confiar nas pessoas que estão à minha volta. Mesmo em um casamento acabado, como o meu e da Rebeca, e tudo o que fiz de errado durante o relacionamento, ela nunca teria atirado em mim. Pelo contrário, Rebeca teria tomado um tiro por mim, como tomou por Julia.

— Você tem razão — respondo, por fim. — Amanhã, você terá uma hora. Ou o tempo que julgar necessário. Mas depois vem direto para cá.

— Sim, senhor. — Naomi dá um sorriso tímido. — Você é um cara bom, tio.

Não concordo, mas agradeço.

***

Leandro e Yumi chegam por volta das oito da noite, acompanhados por Naomi. Ela está sorridente, sem boné e usando um rabo de cavalo. É a primeira a entrar, praticando o mesmo ritual de higienização que começou quando a pandemia foi anunciada. Os pais seguem seu exemplo, cada um guardando a máscara em um saquinho particular.

— Não sei se vocês vão encontrar algum vírus aqui — fecho a porta.

— É para a sua proteção também — Yumi explica, erguendo o cotovelo em uma saudação que vi no jornal. Eu a sigo e troco um olhar com Naomi e Leandro, que dessa vez erguem o cotovelo. — Essa doença está se complicando muito. A estimativa é que tenhamos milhares de mortos. Precisamos estabelecer algumas regras para a Naomi vir aqui. Por mim, ela ficaria em casa.

— Como assim? — Naomi pergunta com a voz elevando uma oitava. — Eu tomo todos os cuidados.

— Calma, filha — Leandro interfere. — Não vamos abandonar seu tio. É só continuar se cuidando como você já está.

— Sim, mas mesmo aqui ela precisa se distanciar.

— Se a doença é tão grave assim, por que você votou a favor de manter o porteiro? — Naomi pergunta e meu irmão se cala. Eu o conheço o suficiente para saber que ele está tão indignado quanto eu com o fato de o porteiro não ter sido liberado.

— Como vamos ficar sem o porteiro? Ele não cuida só da porta, tem a questão das correspondências...

— Eu me sinto mal por poder estar seguro, enquanto outros não podem — argumenta Leandro, sem jeito, e o brilho no olhar de Yumi se inflama.

— Mãe, não vou ficar sem ver o tio. Ele não sai nem no corredor. — Minha sobrinha chama a atenção da mãe para si ao se defender e não está mentindo, apesar de eu ter saído para colar os post-its.

Os três começam a argumentar e passo minhas mãos pelo rosto. Concordei com interação social e vim parar no meio do programa *Casos de Família*. Foi para isso que tomei banho e troquei de roupa? Eu me sento no sofá e cruzo as pernas, aguardando e pensando em todas as famílias confinadas. Não me lembro de Yumi e Leandro se desentendendo em público muitas vezes, principalmente por algo tão fácil de resolver.

— E se ninguém viesse? — Eu me levanto, me tornando o centro das atenções. — Vocês ficam em casa, eu fico em casa e todo mundo fica seguro e feliz. Podemos nos falar por telefone uma vez por mês.

Os três me encaram e Yumi é a primeira a rir, seguida pelos outros. Eu estava realmente falando sério, mas já que isso serviu para aliviar o clima, tudo bem, eu posso me forçar a receber visitas, de vez em quando.

Prefiro não contar a eles sobre as visitas da minha sobrinha à moça que está morando aqui na frente, porque isso causaria outra divergência em uma relação que me pareceu bastante estressante.

Penso no que aconteceria se Rebeca e eu fôssemos obrigados a nos confinar um com o outro durante a crise. É provável que as brigas fossem mais sérias e mais longas.

Será que todas as famílias estão passando por isso?

***

Horas mais tarde, os três se despedem de mim. Estamos todos mais leves, o que me surpreende. Fizemos uma ligação em vídeo para Carolina e a acordamos no meio da madrugada. Ela chorou por não estar conosco.

Estou me preparando para assistir a um filme na sala, quando meu celular vibra com uma mensagem do Leandro:

Mano, o lanche foi tão bacana que acabei esquecendo de perguntar: o que houve com a sua campainha?

Não consigo evitar um riso triste. Era óbvio que meu irmão perceberia que tentei tampar o buraco que deixei ao arrancar a peça da campainha com fita isolante.

Não sei. Quando eu cheguei já estava assim.

Mesmo sem poder vê-lo e antes de ele responder com uma figurinha dando risada, sei que lhe arranco uma gargalhada. Isso é o que respondíamos toda vez que aprontávamos uma arte quando crianças e adolescentes.

Encomenda uma nova e me avisa quando chegar.
Passo aí para trocar.
Eu te protejo e você me protege, lembra?

Leio e não digo mais nada além de "obrigado". Depois de uma vida inteira protegendo um ao outro, há coisas que não precisam ser ditas.

17
Julia

> "Se alguém
> Já lhe deu a mão
> E não pediu mais nada em troca
> Pense bem
> Pois é um dia especial."
>
> Tiago Iorc, *Dia especial*

Estou sentada de pernas cruzadas sobre o tapete da sala, usando a mesinha de centro como apoio, ao anotar receitas de cupcakes em folhas de sulfite que Carolina me disse para pegar no escritório. Sobre a mesa, estão espalhadas muitas canetas coloridas. Anoto cada ingrediente com cuidado, depois o modo de fazer e tempo de preparo, mudando a cor de vez em quando. Nunca tive tantas canetas coloridas quando criança. No máximo era azul, preto e vermelho. Ah, eu tive uma de quatro cores uma vez, então podemos incluir a cor verde ao pacote.

Eu me distraio desenhando cupcakes e qualquer outra coisa que combine para ilustrar as receitas. Ainda não sei se minha ideia vai dar certo, mas, ao contar para Carolina, recebi muito incentivo. Ela acredita que pode ser rentável, mas também me disse que não preciso me preocupar com isso. Eu me preocupo mesmo assim. Sei que cuido do Pumba e do apartamento, e isso ajuda a Carolina, mas preciso descobrir como ganhar dinheiro, ainda que eu não possa sair daqui.

Pumba se espreguiça, deitado no sofá ao meu lado, e me lança um olhar preguiçoso, depois volta a dormir. Não sei o que faria se não fosse sua companhia constante. Eu nem sabia que gatos eram assim. Sempre ouvi dizer que eles não ligavam para as pessoas. Um absurdo completo, como diria Naomi.

Quando o gato de Carolina não está descansando ou dormindo, ele está me procurando com o olhar, como se checasse se estou bem. Quando me vê chorando, o que acontece principalmente nas madrugadas, ele se aconchega a mim. Como nunca tive gatos, pesquisei sobre seu comportamento e descobri que eles são muito carinhosos e dependentes do dono, apesar de cada um ter uma personalidade diferente. Quando eu puder ir embora e tiver um cantinho para mim, adotarei um gato, talvez dois. Quem sabe?

Sem que perceba, estou desenhando um gatinho colorido. Acaricio a cabeça de Pumba e ambos nos sobressaltamos quando a campainha toca.

Abro a porta para Naomi, que se interessa pelas folhas à mesa e vai até elas, depois de se higienizar.

— Ah! Que legal! São suas receitas?

— Algumas. Muita coisa eu faço de cabeça e terei que anotar as quantidades conforme faço os cupcakes, mas é um começo.

— Um bom começo. — Naomi sorri e depois se joga no sofá ao lado de Pumba, que reclama por ser incomodado em seu sono de beleza, mas ela o agarra e o beija, antes de receber seu olhar indignado ao pular do sofá e ir se deitar na poltrona. Nós duas rimos do momento de rabugice antes que ela diga: — Então, você conheceu o tio Nessie, certo?

Franzo a testa um segundo antes de fazer a ligação: o irmão da Carolina, que mora na porta da frente.

— Não sei se poderia dizer que o conheci, mas ele me deixou um recado.

Mostro os post-its e Naomi dá um sorriso triste.

— Parece que ele realmente desaprendeu a se comunicar.

— Ele passou por muita coisa.

— Ele está estranho e fechadão há bastante tempo. Desde o diagnóstico da Giulia. Ouvi meus pais conversando sobre o tio Daniel se sentir culpado, mas não entendo por quê. Ninguém causou a doença. — Naomi enxuga uma lágrima. Percebo que os adultos conversam perto dela e ela não perde nenhum detalhe. — Ele era um pai muito bom. Muito bom mesmo. Dá para dizer que a vida dele era a Gigi. E os dois abriam um espaço para mim. Era como um ninho bem seguro.

— E você não se sente mais segura agora?

— Não é isso... Sei que estou segura. — Ela aperta as mãos, sem conseguir me olhar. — Enquanto não precisarmos sair, acho que tudo ficará bem. Talvez as coisas se resolvam até lá. — Seu tom é misterioso. Ela se levanta antes que eu possa fazer qualquer pergunta. — Eu vou ao banheiro, tá?

Pumba ergue a cabeça e acompanha seu movimento até que saia da sala. Reflito sobre suas palavras e sobre sua identificação comigo. Se eu sair, Eduardo pode me encontrar e me matar, então, sim; enquanto eu ficar aqui, estarei bem. O que pode ser tão assustador a ponto de fazê-la querer se manter em isolamento do mundo?

18

Daniel

> "I've been out on the ocean
> Sailing alone, travelling nowhere
> You've been running on hard ground
> With just you around
> Your heart beats the only sound."*
>
> Jes Hudak, *Different Worlds*

— Ela pediu para te entregar isso. — Naomi me entrega duas folhas sulfite preenchidas com uma caneta da cor lilás.

— Uma carta? Em que século estamos?

— Eu achei legal. Olha como a letra dela é bonitinha.

— Você leu? — Eu me sento no sofá e Naomi senta na poltrona ao lado.

— Claro! Era sobre mim. Você não leria? — Ela dá de ombros.

— Naomi, você não pode ler a correspondência dos outros. — Coço a cabeça.

Não costumo usar um tom educador com ela. Antes de tudo isso acontecer na minha vida, eu mimava Naomi mais do que tudo. Durante oito anos, ela foi a única criança na família e eu a adorava. Ainda adoro. Pode parecer o contrário, porque estou sempre tentando evitar que ela venha me visitar, mas amo essa menina.

---

* Eu estive fora, no oceano/ Velejando sozinho, viajando pra lugar nenhum/ Você tem corrido em terreno difícil/ Com apenas você por perto/ Seu coração bate um único som.

— Eu não li, Nessie. Acalme-se. — Ela dá uma risada e pega o controle remoto da televisão, mostrando-me que não está aqui de passagem. — Sei como é a letra dela porque li suas receitas. Vou ajudá-la a vender seus doces aqui no condomínio.

— Ela cozinha? — pergunto para ganhar tempo, afinal o aroma delicioso do que ela faz às vezes chega até mim.

— Muito bem. Mas acho que vamos vender cupcakes. Se usarmos as redes sociais, podemos expandir para além do condomínio.

— Você fala como se estivesse nisso com ela e como se tivesse pesquisado muito sobre o assunto.

— Porque estou nisso com ela, mas nem pesquisei muito. Eu sou conectada, ué. Estava na cara que as redes sociais dominariam tudo, mais cedo ou mais tarde. — Ela procura algo para assistir e não volta a me olhar. — Não vai ler, não?

— Vou.

Minha hesitação se deve ao fato de que, quando eu ler a carta, automaticamente a porta estará aberta. Será oficial. Eu sabia que isso aconteceria desde que peguei Naomi saindo do apartamento da frente. Essa aflição que toma conta de mim é porque nem me lembro mais como é conversar com um estranho. Desde que Giulia adoeceu, minhas interações foram: os médicos que cuidavam dela e meus irmãos, que insistiam em estar por perto mesmo quando não sabiam o que dizer. Nem com a minha mãe eu falava, ela sofreu muito ao ver a neta no hospital, e mais ainda quando os médicos nos disseram para nos prepararmos. Quando ficou evidente que a doença da Giulia era terminal, Rebeca e eu paramos de conversar. Ela queria deixar nossa filha confortável para esperar o fim, eu queria um tratamento alternativo; ela era mãe e médica e eu apenas um pai sonhador. Parece que só amor não salva ninguém, não é? Ela sabia o que fazer muito melhor do que eu.

Eu parei de conversar com todos. Nunca fui muito bom em falar. Escrever sempre foi mais a minha praia. É por isso que a carta em minha mão queima feito brasa.

Desdobro completamente a folha de papel no meu colo e a aliso com as mãos.

> *Olá, Daniel (Naomi disse que era melhor eu não usar Sr. a menos que usasse, Sr. Nessie, então optei por Daniel, ok?)*

Isso me tira um sorriso e me faz ganhar um olhar de esguelha da minha sobrinha, que finge me ignorar.

> *Atualmente sou sua vizinha da frente. Eu diria que cuido do apartamento da sua irmã e do Pumba, o que é verdade, mas você provavelmente sabe que há mais e, ciente disso, peço que respeite minha decisão de não falar sobre o ocorrido. Sua irmã me indicou uma terapeuta e ainda não estou certa de que consigo falar tanto assim sobre ~~a minha escuridão~~ o que vivi. Eu nem deveria ter escrito isso, mas Naomi disse que você queria me conhecer por conta do vínculo que ela e eu criamos, e, pensando bem, as palavras saíram bem fáceis.*
>
> *Vamos falar da razão para este texto que não caberia em um post-it: Naomi.*
>
> *Abri a porta para sua sobrinha em um momento em que não queria abrir para ninguém. Quer dizer, eu pensava assim, mas, ao vê-la tão vulnerável do outro lado do corredor, eu me lembrei de mim mesma com essa idade (achei que ela fosse mais nova, não que isso importe) e não pude deixar de acolhê-la como gostaria que tivessem me acolhido.*
>
> *Eu perdi minha mãe muito nova — ah... também não quero falar sobre isso, apenas contextualizá-lo. Sei que Naomi tem ambos os pais em casa, mas sei por Carolina que ela tem passado por muitas perdas. Vocês têm.*
>
> *Eu não sabia se poderia ou não fazer algo para ajudar, mas foi instintivo: por que não tentar?*
>
> *Naomi é uma menina doce que se esconde por trás de um humor às vezes ácido. Ela não fala sobre amigos e não está o tempo todo no celular — o que é incomum entre adolescentes. Ao contrário, ela parece procurar os adultos o tempo todo, como se quisesse se desconectar da adolescência. Não tenho experiência em psicologia. Tudo o que sei*

e aprendi foi observando as pessoas. Eu me tornei muito retraída depois que perdi minha mãe. Minha melhor amiga de infância é minha melhor amiga — e talvez a única — até hoje. Isso diz muito sobre o quanto sei me isolar.

Naomi me disse que você — como um bom tio — está preocupado com o tempo que ela passa comigo. Saiba que compartilhamos da mesma preocupação e que, inclusive, conversei sobre isso com sua irmã Carolina, porém não sei se ela avisou aos pais de Naomi.

O que procuro fazer quando ela está comigo é acolhê-la — repito — como gostaria que tivessem feito comigo na idade dela, e como um dia alguém especial me acolheu. Naomi é ótima companhia. Às vezes, tagarela. Às vezes, silenciosa demais. Procuro lhe dar espaço para que, sendo ela mesma, possa dividir suas angústias.

Não sei como deixá-lo seguro de que sou uma boa pessoa. Eu tive uma cota bem grande de pessoas ruins na minha vida, então sei que é mais fácil e seguro manter o outro sempre longe.

Mas agora não há mais volta. A menos que a proíba de vir, minha porta estará sempre aberta para ela.

Depois de pensar muito, acho que o único modo de você se sentir seguro comigo é me conhecendo. Entendo que é essa a questão e tenho algumas regras sobre isso:

1 — Pode perguntar à sua irmã o que quiser sobre mim.

2 — Não me pergunte sobre os assuntos que sua irmã lhe contará. Como eu disse, não estou pronta para falar sobre eles.

3 — Podemos falar sobre Naomi, desde que ela esteja de acordo e não invadamos sua privacidade.

4 — Fora os assuntos proibidos, você pode me perguntar o que quiser para que julgue seguro que sua sobrinha continue em minha companhia.

Espero que esta carta ajude de alguma forma,
Julia

> *PS: Sei que é escritor, mas não sei se gosta de escrever à mão e não é seguro que troquemos tantos papéis numa pandemia que se espalha por vírus. Sendo assim, vou deixar o e-mail que sua irmã criou para que eu use na "confeitaria". Não é meu e-mail pessoal, mas no momento não é seguro que eu tenha um (é outro assunto sobre o qual não quero falar).*
>
> ~~*PS2: Me perdoe por qualquer inconveniente que possa ter causado em sua*~~

Ela riscou tanto a última frase que mal consigo ler. Releio suas palavras duas vezes antes de soltar um suspiro longo.

Naomi, que fingia estar concentrada na televisão, agora me olha, inquieta.

— E aí?

— Ela escreve muito bem. — Dobro as páginas e as coloco sobre a mesa de centro.

— É sério?

— Sim. Não é qualquer um que se expressa bem escrevendo. Sabe se ela tem alguma formação?

— Isso foi meio elitista, Nessie.

— Só estou surpreso. A Carolina comentou sobre ela ser uma moça simples.

— Isso foi com certeza elitista. Meu "é sério" se referiu ao ponto que você quis comentar, não sobre o fato em si. É claro que ela escreve bem. Ela lê um livro atrás do outro. Sempre que chego lá, ela está com um livro por perto. Ainda bem que a tia Carolina tem uma estante cheia deles.

— Estou tentando fazer um elogio aqui, Naomi.

— E está falhando miseravelmente.

— Se ela lê muito, faz sentido que escreva bem.

— Que tal você parar de desviar do assunto e me falar sobre o conteúdo da carta? Você pode debater as técnicas de escrita dela com meu pai, se quiser. — Ela revira os olhos. Como eu, Leandro domina a escrita muito bem, apesar de ele não escrever ficção. — Vamos aos fatos.

— Bom, para quem não quer falar, ela fala bastante.

— É que ela gosta de escrever. Que coisa, igual a você. Ela disse que não escrevia uma carta tão longa desde a época em que foi morar com o pai em Minas, depois que a mãe morreu. Ela trocava cartas com uma amiga. A Lucia. Ela parece bem legal também, pelo que a Julia fala. É a melhor amiga dela.

— Você dá tantas informações assim sobre mim para ela? — Cruzo os braços quando Naomi finalmente para de falar.

— Você nunca vai saber, Nessie — ela me provoca.

Decido ignorar. Se eu entrar em um jogo com Naomi, ela não desistirá até me deixar maluco.

— O que aconteceu com ela? — pergunto, por fim.

— Você sabe. — Seu tom agora é sério.

— Será que eu sei? — Estou realmente em dúvida. Quando minha irmã me falou sobre ela, não dei muita atenção. Sequer pensei que o momento em que fôssemos interagir fosse chegar.

— O namorado dela...

— Eu sei essa parte, mas há mais, não é?

— Ela escreveu aí? — Naomi aponta para as folhas, não querendo entregar nada que possa ser realmente relevante para a nova amiga.

— Não. Quer dizer, sim. Tem algo nas entrelinhas.

— Posso ler?

— Não.

— Chato.

— Enxerida.

Ela me mostra a língua e cruza os braços.

— Vou poder vê-la?

— Não sei se eu posso proibi-la de fato de algo.

— Se eu tivesse como fazer escondida, não poderia, mas essa pandemia me atrapalha. É melhor se eu tiver a sua autorização, tio.

— Você é terrível, sabia?

— Como se você não tivesse feito coisas piores quando era jovem.

— Não sei se fui um bom exemplo. E isso não interessa também. Como é que minha mãe dizia? "Enquanto estiver debaixo do meu teto vai ter que me obedecer."

— Nós não vivemos em uma ditadura, tio.
— Ah, mas eu sempre posso contar aos seus pais.
— Ridículo.
— Bravinha. — Eu bagunço seus cabelos. — Quero conversar com a minha irmã, mas acho que poderá ver a moça aí da frente, sim.
— É difícil dizer o nome dela, né? — Naomi deixa a pergunta escapar e olha para os próprios pés.
— Difícil é você conseguir não falar tudo o que se passa na sua cabeça?
— Desculpa. Eu não devia ter dito isso.
— Está tudo bem. Sim, é difícil. Olha, vamos ter que contar para os seus pais mais cedo ou mais tarde. — Mudo de assunto e ela me encara, preocupada. — Não faz sentido que eles não saibam. Tenho certeza de que seu pai vai achar simpático da sua parte. Será que sua mãe vai ficar chateada? Lembro que ela fazia parte do projeto de Rebeca e Carolina.

A simples menção de Yumi fez com que Naomi fechasse o tempo.
— Ela faz parte, mas a Julia ainda não aceitou acompanhamento psicológico, muito menos psiquiátrico. Minha mãe é contra essa atitude. Acho que vou para casa.
— Ficou brava com quê?
— Não estou brava, tio Daniel. Só quero ir para casa.

Não digo mais nada. Ela ficou irritada e está escondendo algo, e não será confrontando-a que descobrirei. Mas, se eu conversar com minha irmã e responder a essa carta, talvez eu encontre um caminho rumo aos segredos que minha sobrinha esconde.

19
Julia

> "Então, menina, não vá desanimar
> Feche os olhos e você vai encontrar
> A força que precisa para alcançar
> O céu em você vai apostar
> Se cair levante e caminha
> Você é linda e tem companhia
> Você é forte, só não sabia."
>
> MARCELA TAÍS, *Menina não vá desanimar*

Por mais que eu queira, não posso falar com meu pai, Lucia e tia Maria sempre que quero. Carolina comprou um chip novo de celular e me emprestou um aparelho, mas muita comunicação pode comprometer minha segurança. Falo com eles mais ou menos a cada dez dias e eles salvam meu contato com um nome aleatório. O fato de Eduardo ser da polícia faz com que eu tenha ainda mais medo. Ele está foragido e ninguém sabe ao certo para onde ele foi. Não sei se alguém se comprometeria a ajudá-lo, mas prefiro tomar cuidado.

A verdade é que nenhum de nós contava passar por uma pandemia em meio a nossos caos particulares. Eu me distraio com livros, séries e filmes para tentar tirar meus pensamentos da realidade. Tanto da pessoal quanto da lá de fora. A preocupação com aqueles que amo é diária, principalmente porque eles não podem se isolar como tenho feito.

Quando coloco minha situação em perspectiva com a do mundo, não consigo evitar pensar o quanto o que passo é pequeno perto do que está acontecendo no planeta. Ainda assim, mesmo sendo meu universo particular, é desesperador pensar que, se eu não me cuidar, não é apenas um vírus que pode me matar.

Reflito sobre as palavras que escrevi para Daniel. Não sei por que me permiti dizer tanto. Acho que quis mostrar a ele o quanto estou aberta. Mostrar vulnerabilidade é o primeiro passo para fazer com que o outro se sinta confortável para fazer o mesmo. Aprendi isso com meu trabalho. Sinto falta de ser auxiliar de enfermagem e cuidar de outras vidas. Quando alguém procura o médico, nem sempre a origem do problema é física. Eu gosto de ouvi-lo, prestar atenção ao que não diz.

Cresci com a sensação de que ninguém enxergou minha mãe. Se tivessem enxergado, de fato, poderiam perceber os sinais da violência, e talvez ela ainda estivesse aqui. Não tenho como ter certeza, mas sei que posso fazer a diferença na vida dos outros, simplesmente estando aberta a ouvi-los.

Por mais que meu foco seja ajudar a Naomi, sinto-me em dívida com Daniel pela morte da Dra. Rebeca. É difícil aceitar que eu esteja viva e ela morta. Imagino como deve ser horrível para ele e, mesmo em sua dor imensurável, ele me procurou pensando no bem-estar da sobrinha. Preciso fazer o que eu puder para ajudá-los.

O semblante amoroso do meu pai vem aos meus pensamentos. Havia dois anos que minha mãe tinha morrido e eu estava cuidando de um passarinho que caiu do ninho em nosso quintal. Ainda tentamos colocá-lo de volta, mas, depois de perceber que sua mãe não voltaria, meu pai e eu passamos a cuidar dele. Passei a noite acordada, ao lado de uma caixinha de sapato onde acomodamos o bichinho com todo o conforto e cuidado que julgávamos necessários. Eu o alimentei, cantei canções de ninar e pedi a Deus que ele vivesse. Quando o dia estava clareando, eu cochilei e, ao acordar, meu pai estava levando a caixinha para fora do quarto. Em seu olhar, eu reconheci as palavras antes que ele dissesse: o passarinho havia morrido.

Não era a primeira vez que cuidávamos de um bichinho ferido. Meu pai trabalhava em uma fazenda e morávamos naquelas terras, então isso era comum. Mas era a primeira vez que um deles morria.

Naqueles dois anos depois da morte da minha mãe, toda vez que eu salvava um bichinho, eu acreditava que salvava parte dela. Eu sei que era bobeira de menina, mas me fazia um bem enorme. Quando aquele passarinho morreu, parte da minha fé morreu com ele.

— Você não pode salvar a todos, meu anjo. — As palavras do meu pai reverberam em meu coração. — Você não pode salvar a todos.

Mas eu queria.

Ainda quero.

Uso essa motivação em minha vida pessoal e no trabalho porque acredito que se eu puder ajudar alguém, ainda que com um sorriso, uma palavra ou até mesmo de forma mais efetiva, estarei dando um sentido ao fato de eu ter sobrevivido quando minha mãe morreu. Tenho consciência de que meu padrasto poderia ter me matado naquele dia, e ser boa e salvar o outro é quase como um alimento para minha alma. Se eu pude ser salva, preciso fazer com que valha a pena.

Agora, mais uma vez, alguém morreu e eu fiquei. Fico pensando se há alguma lição, alguma coisa que preciso entender para que isso nunca mais se repita. Ao mesmo tempo, sem que eu consiga evitar, acredito que, se eu ajudar Naomi e Daniel, se eu for boa para eles, se conseguir ouvir as palavras que eles não dizem, conseguirei me perdoar pelo menos um pouquinho.

Eu me sento na banqueta do piano e apoio as mãos sobre suas teclas. Não consigo tocá-las, mas senti-las me leva ao passado, à sala da casa dos meus pais, onde ele tocava um teclado de segunda mão enquanto minha mãe e eu dançávamos.

É quase outra vida. Um momento perdido no espaço-tempo. Um lugar para onde posso retornar nos meus sonhos, enquanto as lágrimas lavam meu rosto e minha alma.

20
Daniel

> "I've been knocking at your door
> To ask you who I am
> I've been sleeping with my soul
> Won't hide my pride."*
>
> Nico Bruno, *Changed at All*

Já ouvi dizer que a dor não deve ser comparada, que não é justo medir o que o outro sente usando nossa experiência como parâmetro. É aquilo que falam sobre entender o que uma pessoa passa calçando os seus sapatos, porque só assim você saberá onde os calos apertam. Não dá nem para falar que a afirmação é tão correta assim; afinal, para sentir exatamente onde os calos apertam ao usar o sapato do outro, nós teríamos que ter o mesmo tamanho e formato de pé. Então como fazer para entender realmente a dor do outro? Eu não sei. Estou aprendendo. A Rebeca sabia. Se houvesse uma ilustração ao lado da palavra "empatia" no dicionário, devia ter uma foto da Rebeca.

Uma pessoa empática consegue olhar pelos olhos e pela vivência do outro sem julgar ou decidir que saída o outro deve tomar. Nem todos somos realmente empáticos, apesar de acharmos que sim. Não dá para falar de empatia enquanto medimos a situação alheia e pensamos: "Ah,

---

* Eu tenho batido na sua porta/ Para te perguntar quem eu sou/ Tenho dormido com minha alma/ Não vou esconder meu orgulho.

mas para resolver isso era só fazer tal coisa." Isso é sua prepotência falando. Em se tratando de seres humanos, não há receita ou fórmula a ser usada como padrão. Nem um psicólogo — pago para te ajudar — deve te dizer faça isso e vai melhorar. Se um profissional agir dessa forma, é bem provável que seja um charlatão. Tudo é um processo.

Isso porque somos seres únicos. Não em um sentido especial — ou talvez sim, dependendo do caso —, mas temos vivências únicas. Não são apenas nossos pés que são diferentes entre nós: como eles, também temos tamanhos e formatos únicos, inclusive quando falamos de emoções e sentimentos.

Vejo por mim e por meus irmãos. Cada um lida com o que vivemos na infância e adolescência de uma forma. Minha irmã conseguiu se entender com meu pai e perdoá-lo por nos abandonar. Não sei como Leandro lidou com isso. Minha terapeuta e a Rebeca me aconselharam a falar com meus irmãos. Foi quando parei com a terapia e decidi escrever sobre isso. É claro que minha vó odiou ver o filho retratado como um vilão na novela das nove, mas ficou orgulhosa da história criada por mim.

É irônico que meu maior sucesso até agora tenha falado sobre um homem que abandonou a família em busca de dinheiro e poder. Eu gostaria de acreditar que não foi isso o que meu pai fez, mas não consigo. Para mim, foi exatamente o que ele fez. Tanto que enriqueceu e voltou porque sabia que ia morrer. Não sei o que ele queria. Partir em paz?

Demorei muito tempo para aceitar que meu casamento estava falido. Eu não queria ir embora. Tanto que foi Rebeca quem tocou no assunto pela primeira vez e em todas as outras que se seguiram. Ela não estava errada. Eu não queria aceitar a possibilidade de ser como meu pai, então fiquei, insisti. Busquei terapia. Fiz tudo o que ela pediu até entender que nós não nos amávamos mais. Aí prometi para mim mesmo que faria o que eu pudesse para estar perto da minha filha e me dar bem com a Rebeca, mesmo que não fôssemos mais um casal. Eu sei que ela não dificultaria o processo e teríamos sido uma família feliz, mesmo morando em casas separadas.

Aperto a cabeça com as mãos, enquanto reflito sobre o estrago que os adultos podem fazer em suas crianças. Após conversar com minha irmã e saber de mais detalhes sobre a história de Julia, confirmo meus pensamentos.

É claro que a mãe de Julia não pode ser culpada por ter sido assassinada pelo companheiro. Ninguém deve ser culpado pela violência do outro.

Nem sei se posso dizer que o pai dela fez o mesmo que o meu, porque ele ainda se manteve presente. Mas queria que ele tivesse percebido que algo estava errado.

Isso faz de mim um hipócrita, afinal não sei o que está acontecendo com Naomi. Espero que ter percebido que há algo errado me dê alguma vantagem. Sem contar que me culpo por não ter percebido antes que Giulia estava doente, apesar das vezes que Rebeca disse que não teria mudado o resultado.

Enfim, apesar de ter sofrido com o divórcio dos meus pais, de ter precisado amadurecer muito antes do que deveria e de saber o quanto de dor isso me deixou, não posso comparar minhas feridas às de Julia.

Não consigo imaginar o que sente uma criança ao ver a mãe se esvair em sangue, nem toda a dor que Julia sentiu e ainda sente. Se não bastasse isso, ela ainda sofreu a tentativa de assassinato pelas mãos do ex e viu outra mulher morrer.

Eu sei o que é ser o pai e assistir à filha morrer e sei o quanto isso foi traumático para mim, um adulto. Como a Julia conseguiu sobreviver e encarar a vida depois da tragédia é um mistério. Eu a admiro por isso.

Eu tenho meus problemas em relação a confiar nas pessoas. Rebeca gostava de me lembrar isso. E, depois da minha perda, relutei em deixar minha própria sobrinha ocupar um espaço em minha vida, enquanto Julia simplesmente abriu a porta para ela. Rebeca era uma excelente julgadora de caráter. Só isso devia ser o suficiente para que eu me tranquilizasse com a amizade de Julia e Naomi.

Seria muito fácil deixar minha sobrinha bater na porta da frente e não na minha. Mas isso me lembra o que meu pai fez quando nos deixou sozinhos com minha mãe. Eu não vou abandonar a Naomi. E, quem sabe, se eu me mantiver perto da Julia, eu possa encontrar um meio de honrar a memória da Rebeca.

É pensando nisso que me sento em frente ao computador e abro o e-mail para escrever a resposta que estou devendo.

21
Julia

> "Too late for lullabies
> Too soon for it to be alright
> Love takes its toll sometimes
> Let's start a clean slate
> Mistakes are moments in time."[*]
>
> JAMES MORRISON, *Too Late for Lullabies*

De: Daniel
Para: Julia

Boa noite, Julia.
Comecei escrevendo que esperava que estivesse tudo bem e percebi que seria ridículo. Duvido que esteja bem. Ouso dizer, pelas vezes que repetiu a palavra "seguro" em sua carta, que é quase impossível que se sinta confortável no momento.
Não direi que entendo. Não tenho como entender. E tampouco falarei sobre o tema, como pediu.
Atendo-me à Naomi, preciso dizer que ela se abriu mais depois das tardes que passou com você. Tendo em vista minha própria experiência — sobre a qual também não gostaria de falar — é saudável que Naomi se abra e converse sobre seja lá o que a perturba.

---

[*] Tarde demais para canções de ninar/ Muito cedo para estar tudo bem/ Às vezes, o amor tem seu preço/ Vamos começar uma ficha limpa/ Os erros são momentos da vida.

Ainda não conversei com os pais dela, combinei com minha irmã de contar na próxima vez que eles vierem aqui em casa. A Carol disse que eles se sentirão mais seguros se eu conversar com você também. Ela também disse que estamos numa pandemia e que devemos nos comportar como seres humanos amigáveis. Preciso confessar que desaprendi a ser amigável, mas estou me esforçando ao máximo pela Naomi.
Eu agradeço pelo que tem feito por minha sobrinha.
Sobre as questões que enumerou em sua carta, eu as respeitarei.
Sobre mim, estou longe de ser um livro aberto. Sou mais um livro com cadeado, debaixo de uma pilha de tijolos, mas me comunico muito bem escrevendo e — repito — esforço-me pela Naomi. Você me pareceu assim também. Estou enganado?

O e-mail de Daniel chega no meio de uma madrugada insone. Estou sentada na poltrona da sala com uma coberta sobre as pernas e um livro recém-aberto no colo. Coloco-o sobre a mesinha e releio o e-mail.

Daniel fala pouco sobre si mesmo e ainda assim diz tanto. A maior parte do tempo sua preocupação é sobre outras pessoas — até comigo.

Toco a tela do celular para responder:

De: Julia
Para: Daniel

Boa noite, Daniel,
Fico feliz em ajudar a Naomi. Ela é uma boa companhia e me faz bem.
Sua irmã também me aconselhou sobre a importância de não deixarmos os outros sozinhos, ainda mais em uma pandemia.
É um momento difícil e estranho. Sem poder sair e recebendo as notícias pelos jornais e pelas redes sociais, tudo se torna mais sombrio.
Se houver algo em que eu possa ajudar, é só dizer.
PS: Você quis dizer que somos parecidos em relação a nos comunicarmos bem escrevendo ou sobre sermos livros fechados com cadeado debaixo de uma pilha de tijolos?

Envio após reler uma vez. Não quero pensar muito no que dizer, ou não direi nada. É diferente me comunicar com alguém que nunca vi, mas também é libertador. Ele não me conhece de verdade, mesmo que saiba das tragédias da minha vida. Pensando assim, pode ser bom fazer terapia.
 E se eu tentasse?
 A resposta do Daniel chega bem rápido.

De: Daniel
Para: Julia

Minha irmã sempre dá um jeito de conseguir o que quer. Tanto faz se está do outro lado do corredor ou se do outro lado do mundo. Ela queria desde o início que conversássemos, e aqui estamos nós obedecendo.
Sobre a pandemia, é um momento horrível. Confuso, para mim. Eu pensei que quisesse ficar quietinho em silêncio, mas e se eu não falar com minha família e eles não estiverem mais aqui amanhã? Sinto como se estivessem me forçando a não viver meu luto, porque a qualquer momento um novo luto pode surgir.
PS: Somos parecidos em ambos os aspectos. Estou errado?

Não, ele não está errado. Respondo rápido e coloco o celular de lado. É muita coisa para sentir de uma só vez.

De: Julia
Para: Daniel

O luto precisa ser vivido. É o que todos dizem, certo?
Não sei se sou boa conselheira quanto a isso.
PS: Sim, somos parecidos.

Eu não acho justo continuar aqui depois de perder quem amava, mas como posso dizer isso a ele, quando parece que é exatamente assim que ele se sente?
 É, talvez eu precise fazer acompanhamento psicológico. O Daniel está certo: de um jeito ou de outro a Carolina sempre consegue o que quer.

22
Daniel

> "I want to thank you for all your help
> 'Cause you're on to me, you're on to me, I know!
> You tell me all the bad things I didn't know about myself
> Yes, you're on to me, you're on to me, I know!"*
>
> Kris Allen, *Lost*

Duas semanas depois, Naomi toca a campainha segurando uma caixinha.

— Você chegou cedo — murmuro, segurando a porta aberta até que ela a cruze.

— É que eu precisava passar na Julia para pegar a sobremesa. — Ela ergue a caixa amarela com uma fitinha azul.

— O que é isso?

— Cupcakes. Eu falei que ia trazer, lembra? — Balanço a mão pelos cabelos molhados, cada vez mais compridos. — Gostou da caixinha? Foi ideia da Julia. Ela investiu suas economias nisso. A tia Carol me ajudou a fazer uma pesquisa de público e muita gente no condomínio ficou interessada. As vendas começam amanhã. Temos muitos pedidos.

---

* Quero agradecer a você por toda sua ajuda/ Porque você está em mim, você está em mim, eu sei!/ Você me diga todas as coisas ruins que eu não sabia sobre mim/ Sim, você está em mim, você está em mim, eu sei!

Minha mãe só não percebeu nada porque raramente olha o grupo do condomínio. Meu pai disse que você podia fazer o logo e...

— O quê? — interrompo a verborragia da Naomi quando ela cita meu irmão. — Seu pai sabe dos cupcakes?

— Sabe. — Naomi faz uma careta.

— E ele acha que me tornei confeiteiro? — Faria sentido com as coisas que Leandro tem me falado sobre aprender algo novo na pandemia. Ele descobriu que é possível cultivar uma pequena horta no apartamento e diz que a experiência dá uma nova perspectiva em sua vida.

— Não. Ela sabe que são da Julia.

— Seu pai sabe sobre a Julia? — Estou confuso.

— Sabe. Percebi que ele ficaria muito triste comigo se soubesse por você.

— Isso é bom. Maduro. Estou orgulhoso de você. — Bagunço seus cabelos. — O que sua mãe disse?

— Ela não sabe. Meu pai disse que era eu quem devia contar, mas eu disse que você ou a tia Carol contariam.

— Ela não ficará triste com você?

— Ela esconde as coisas dela. Eu escondo as minhas. — Naomi dá de ombros e caminha até a cozinha.

Coço a barba, observando-a se afastar. Sei que Naomi é mais próxima de Leandro, mas nunca a vi esconder nada de Yumi. Pelo contrário, eu admirava a forma honesta como eles lidavam entre si como família.

— Quer conversar sobre as coisas escondidas? — Pergunto, encostando-me ao batente da porta da cozinha.

— Melhor não. — Ela me encara, pensativa. Reconheço a tristeza em seu rosto. — Eu vou contar em algum momento, mas hoje não.

— Tudo bem. No seu tempo.

Ela sorri e corre para me abraçar.

— Obrigada, tio.

Afago seus cabelos ciente de que abraços não são permitidos em uma pandemia e que Naomi tem cumprido essa regra direitinho nas últimas duas semanas. Mas, se eu não saio daqui, não posso ser um risco para ela, posso? E, se ela for um risco para mim, como posso negar um abraço que sei que a conforta?

Minha família sempre foi adepta ao abraço. Acho que, justamente por não falarmos sobre sentimentos, abraçar falava por nós. Nos dias que se seguiram à morte de Giulia e de Rebeca, me privei de contato de propósito. Era uma forma de castigo autoinfligido, porque eu sei que um toque nos conecta. Ele nos desperta e nos mantém vivos.

Agora somos forçados a não nos tocar e eu sei que continuo apreciando minha solidão, mas às vezes penso no que a ausência do toque pode fazer a longo prazo. Será que isso nos afasta ainda mais da nossa humanidade?

***

Jantamos um risoto de carne delicioso feito pelo meu irmão. Não senti o clima tão pesado entre ele e a esposa dessa vez, mas também não os vi interagindo tanto. Naomi se levanta enquanto tiro os pratos. Ela me ajuda e Leandro brinca que ela não é tão prestativa assim em casa. Ela ri, dizendo que faz isso porque não sei me virar sozinho.

— Aqui ela faz até faxina. — Entrego-a e ela me dá um cutucão na barriga, correndo para lavar a mão em seguida sob o olhar da mãe.

— Eu não saio daqui, Yumi. Está tudo bem — digo, e minha cunhada assente.

— Temos sobremesa — Naomi coloca a caixinha de cupcakes na mesa. — Eu higienizei a caixinha.

— Estão com uma cara ótima — Yumi elogia ao observar os oito cupcakes.

— Tem para escolher — Naomi começa a listar os sabores, toda sorridente.

— Nossa, filha, você sabe tanto sobre eles que até parece que os fez. — Yumi escolhe um de nozes com cobertura de chocolate e suspira quando dá uma bocada. — Delicioso!

Se ela não tivesse fechado os olhos de prazer, teria pego a expressão que entrega Naomi no flagra.

— A Julia quem fez. Ela mora aí na frente. — Eu explico.

— Vocês se conhecem? Isso é ótimo. — Yumi pontua, recebendo um olhar franzido da minha parte. — Desde que estejam respeitando as normas de segurança.

— Eu não a vi pessoalmente, mas temos conversado por e-mail.

— Por e-mail? Que inusitado. — Leandro se interessa. Pelo visto, Naomi omitiu essa parte. — Como isso aconteceu?

— Ela sugeriu e não vi por que não aceitar. Era melhor que continuar por carta.

— Vocês trocaram cartas? Tipo quando estávamos na escola? — Meu irmão ri, provocando-me, como se fôssemos adolescentes. Jogo uma bolinha de guardanapo nele, afinal sou muito adulto.

— A Carol queria que ficássemos de olho um no outro enquanto a pandemia está rolando. E não estou fazendo nada de mais.

— Pode ter certeza de que está fazendo bastante, Daniel. O que essa moça passou, meu Deus... Eu já vi muita coisa por causa do meu trabalho, mas é um fardo muito pesado, principalmente quando não se aceita ajuda especializada. — Yumi dá mais uma mordida no cupcake.

Eu senti a indireta na encarada que ela me deu. Se dependesse da minha cunhada, eu estaria de volta à terapia há muito tempo. Não, obrigado. Não preciso. A Julia pode ser que precise, mas eu estou bem.

— Esse de limão está incrível! — Leandro se delicia, sujando a boca de glacê.

Naomi nos observa com os olhos brilhantes. Ela é parte da conquista de Julia e sua principal apoiadora.

— Então você acha que toda ajuda que Julia receber é importante, Yumi? — pergunto ao devorar um cupcake de baunilha com gotas de chocolate.

Leandro engasga, percebendo onde quero chegar e que há uma dose de manipulação na minha frase.

— Sim — responde Yumi, estreitando os olhos. Ela é muito esperta.
— Quando sua irmã decidiu viajar e Julia não aceitou minha aproximação, fiquei preocupada. Ela não pode se isolar. Ninguém pode viver isolado.
— Caramba, ninguém é direto nesta família! — Naomi exclama, voltando a se sentar. — Eu ajudei a Julia a fazer os cupcakes. Eu a visito há um mês mais ou menos. — Ela solta o ar como se guardar a informação a estivesse sufocando.
— Um mês, Naomi? — Leandro questiona e percebo que minha sobrinha omitiu certos detalhes.
— Você sabia, Leandro?! — Yumi o fuzila com o olhar.
— Achei que era algo mais recente, mas a culpa não é da Naomi. Eu não perguntei há quanto tempo — argumenta Leandro, tentando remediar.
— É melhor irmos para casa. — Yumi se levanta.
— Não. Vocês não vão. Vão resolver isso aqui. — Eu me levanto, mantendo o tom calmo.
— Você não pode nos obrigar a ficar. — Minha cunhada coloca as mãos na cintura.
— Mano... — Leandro adverte, levantando-se também. — Melhor resolvermos em casa.
— Não. Isso me envolve e será resolvido aqui. Desde que Giulia e Rebeca morreram vocês me cercam e me obrigam a lidar com a presença de vocês! Não podem ir embora e me cortar da discussão quando foram os responsáveis por eu estar envolvido nela.
Os três ficam chocados, e Yumi volta a se sentar, em silêncio. Meu irmão a acompanha. Naomi me olha de esguelha, mas vejo seus olhos brilhando como se ela estivesse feliz por eu estar falando.
— Eu queria ficar sozinho — continuo, sentando-me e falando mais baixo. — Queria o silêncio. Ficar no escuro. Quieto. E vocês ligavam, mandavam mensagens, vinham checar se eu ainda estava vivo. Aí explodiu essa pandemia, Naomi ficou com muito tempo livre e decidiu vir me

resgatar. Eu sou grato por ela. Sou grato por todos vocês. — As palavras saem com dificuldade. — Ainda está doendo e ainda vai doer enquanto eu viver, mas a Naomi não fez nada de errado quando insistiu para que eu abrisse a porta e nem quando aceitou a porta aberta da Julia. Sua filha está ajudando pessoas como viu vocês dois fazendo a vida toda. Você mesma disse que é bom para a Julia ter ajuda, Yumi.

— Sim, mas eu achei que era você quem estava indo.

— Eu não saio daqui, Yumi. A Julia não sai de lá. E isso não tem a ver com uma pandemia, porque nós não estamos nos protegendo de um vírus, nós estamos nos escondendo do que quer que venha a seguir em nossa vida. Se a Naomi não cruzasse portas tão fácil e insistentemente como ela faz, não sei o que eu poderia ter feito. Foram dias difíceis. Ainda são. A pandemia é um escudo, mas também é uma armadilha perigosa. Há dias em que, se a Naomi não me obrigasse, eu não me levantaria da cama. Eu queria não acordar...

Eu paro de falar com lágrimas nos olhos. Não sei como consegui dizer tanto, mas sei que, se não fosse transparente o bastante, Yumi proibiria o contato de Naomi e Julia. Isso não faz dela uma mãe ruim. Ela está com medo. Eu teria feito o que eu pudesse para proteger minha filha, então a entendo bem.

Os três me encaram e sei o que veem: o homem de quase quarenta anos, de cabelos e barba compridos e sem corte, que não sabe o que fazer de si mesmo. Eu uso as mesmas peças de roupas. Troco para lavar depois de uns dias porque a Naomi insiste. Eu como mal, durmo mal e passo algumas madrugadas bebendo. Se eu pensar bem, talvez eu não seja uma boa companhia para uma adolescente de quatorze anos.

— Quer falar mais? — Yumi pergunta, com calma.

— Não. Fim da sessão de terapia. — Balanço a cabeça.

— A Naomi pode continuar com as visitas. — Yumi sorri.

Naomi dá um gritinho, aliviada.

— Não gostei da mentira e vamos conversar, mas não vou impedir o contato.

Suspiro aliviado. Meu irmão se levanta e vem me abraçar. Ele está chorando. Ele chora até com comercial de margarina, mas preciso reconhecer que foi um momento intenso. Eu não imaginava que tinha tanto para falar sobre isso. Naomi abraça a nós dois e ouvimos Yumi resmungar algo sobre a pandemia, mas ela não nos impede, pelo contrário, ela sorri.

Que Deus nos ajude e não nos deixe morrer por esse abraço... É um dos poucos lugares neste mundo em que ainda me sinto em casa.

Ainda durante o abraço em que me sinto seguro e grato, ouço um piano sendo tocado timidamente. Fecho os olhos, sabendo que o som vem da sala da minha irmã. Não é tão alto como se eu estivesse tocando em meu apartamento, mas é tão suave e necessário como precisamos agora.

23
Julia

> "Olhos fechados
> Pra te encontrar
> Não estou ao seu lado
> Mas posso sonhar."
>
> Os Paralamas do Sucesso, *Aonde quer que eu vá*

Roo o cantinho da unha do dedo indicador até o sangue surgir. Gemo de dor enquanto arranco uma folha de papel toalha na cozinha e cubro o dedo. Ando de um lado para o outro, ansiosa.

Pumba balança o rabo, analisando-me.

— Eles vão conversar com a mãe da Naomi hoje. Não quero ser um problema.

O gato mia e boceja, como se me respondesse.

— Ah, é muito mais sério do que você pensa.

Acostumei-me a conversar com ele sem me importar se isso parece loucura ou não. Isolada aqui, preciso fazer o que eu puder para não enlouquecer, de fato.

Acompanho o sangramento do dedo até que pare. Lavo as mãos e vou para a sala. Ligo a televisão, tento me concentrar no jornal. Desligo, pego um livro. Fecho o livro. Eu me levanto. Saio na sacada e encaro o céu.

A lua está cheia, como minha mãe gostava. Quando eu era criança, não havia uma noite de lua cheia em que minha mãe não apontasse para o céu e dissesse:

— Olha que linda, filha. Faça um pedido para a lua.

Se eu tivesse direito a um pedido, eu o usaria para trazê-la de volta. Eu observo como tia Maria e Lucia se relacionam e penso em minha mãe. Não posso reclamar que tia Maria não me brinde com boa parte do seu amor materno, mas imagino os conselhos que minha mãe me daria. O que ela diria sobre a situação que estou vivendo? Será que eu estaria passando por isso, se ela não tivesse sido assassinada?

Seria uma vida diferente. Não há dúvida.

Volto para a sala e me aproximo do piano. Puxo a banqueta e posso ouvir a voz da minha mãe dizendo:

— Toque para mim.

Eu nem sei se é a voz dela. O tom da voz, eu quero dizer. Não me lembro mais dele, mas ainda sinto minha mãe no meu coração e ele volta a vibrar: toque para mim.

Sem pensar mais, deixo meus dedos correrem pelas teclas e tocarem a música preferida da minha mãe: Amazing Grace.

O som de cada nota invade meu peito e faz com que as lágrimas contidas transbordem. Fecho os olhos e sigo tocando. A melodia me leva para uma realidade mágica, criada pela lua cheia, onde minha mãe está ao meu lado, sorrindo.

24
Daniel

> "I know you've been drifting lately
> It's like you're an island and I've got no boat
> It's like you think you have to go it alone
> But you don't
> I'm here
> I'm here."*
>
> SWEET TALK RADIO, *I'm here*

Enquanto observo meu irmão e a família entrarem no elevador, olho para a porta da frente e percebo o quanto estou ansioso para contar a Julia sobre o jantar. Quer dizer, não sei se contarei os detalhes, mas fecho a porta e pego meu celular sobre a mesa de canto para escrever.

De: Daniel
Para: Julia

Boa noite, Julia,
Deu tudo certo!

---

* Eu sei que você tem andado à deriva ultimamente/ É como se você fosse uma ilha e eu não tenho barco/ É como se você achasse que você tem que ir sozinha/ Mas você não tem/ Eu estou aqui/ Eu estou aqui.

Eu pensei em tantas coisas para escrever, mas não consigo dizer mais nada. Aperto o botão de enviar, antes que eu comece a falar sobre mim. O que está acontecendo hoje?

A resposta chega bem rápido. Ela devia estar ansiosa.

De: Julia
Para: Daniel

Boa noite, Daniel!
A Naomi me mandou uma mensagem.
Ela disse que a mãe vai me ligar amanhã.

Estou lendo o e-mail e Julia manda outro:

Enviei antes de terminar... rs
A Naomi disse que está muito orgulhosa de você.
Não sei o que fez, ela estava muito animada e fico feliz por vocês.
Foi uma boa noite, certo?

Quero contar a ela sobre as palavras que disse, afinal me fizeram bem, apesar de sentir um pouco de vergonha quando penso em ter desabafado daquele jeito. Sou adulto e não devia me sentir tão frágil quanto quando era criança.

Escrevo a resposta, pensando que essa conversa poderia ser melhor por um aplicativo de mensagens, mas não faço a sugestão. Há algo nos e-mails que nos mantém próximos no mesmo tempo em que deixa uma barreira segura entre nós.

De: Daniel
Para: Julia

Foi uma boa noite.
Naomi se entusiasma fácil. Não precisa tanto.
Eu fiz o que um adulto deve fazer, certo?
Protegi a criança.

PS: Eu não fazia ideia de que você tocava piano. Foi a trilha sonora perfeita para um momento muito bom.

A lembrança faz com que eu me levante e me aproxime do piano no canto da sala. Eu não encosto nele desde o dia em que cheguei do funeral de Giulia. A ausência de pó é mais um dos cuidados de Naomi. O piano está brilhando.

Não levanto a tampa que cobre suas teclas. Não estou pronto para isso. Acaricio a madeira com o dorso dos dedos e meus pensamentos são invadidos por Gigi:

— Papai, papai! Quero ser a maior pianista do mundo!

— A melhor — Rebeca a corrigira, enquanto Gigi tocava uma escala com seus dedinhos compridos. Ela mal tinha completado quatro anos. Seu talento era inato.

— A maior e a melhor. — Gigi dava uma gargalhada enquanto tocava ainda mais rápido. — Vou ser alta igual ao papai.

O celular vibra. É Julia. Pelos e-mails que trocamos e pelo que Naomi conta, sei que minha filha teria adorado a mulher com um nome tão parecido com o seu. Seria uma briga para manter aquela pequena no apartamento. Giulia era um poço de vivacidade e alegria.

Eu abro o e-mail da mulher que mora do outro lado do corredor, tentando me manter no presente. É tentador morar no passado. Tentador e perigoso.

De: Julia
Para: Daniel

Não se subestime. Se Naomi disse que está orgulhosa, é porque ela tem motivo para isso.
Sobre proteger a criança, pode parecer lógico, mas nem todo adulto entende a importância disso. Sendo eu uma criança que não foi protegida, sei bem sobre o que estou falando.
Agora sou eu que digo: estou orgulhosa de você.
PS: Eu toco desde criança. Foi bom sentir a música outra vez.

De: Daniel
Para: Julia

É... Eu entendo o que diz. Obrigado pelas palavras.
Queria ter estado lá para proteger você.

Envio sem pensar duas vezes. É verdade. Eu queria. Desde que soube dos detalhes e de como ela foi exposta a tanta dor desde criança, desejei estar por perto para protegê-la. Naomi fala muito sobre o quanto Julia deve ter sido solitária e que ela — minha sobrinha — pode contar com seu Monstro fofo do lago Ness — palavras dela. Entendo o que Naomi quer dizer, porque eu queria ter tido alguém com quem contar quando tinha a idade dela. Guardar tudo para nós é muito pesado. Minha sobrinha fala como uma matraca e ainda guarda seus segredos, mas pelo menos uma parte do que sente ela deixa aqui e na Julia. Teria sido um alívio poder falar.

Meu irmão é um cara superatento e eu acredito que ele veja que há algo que sua filha esconde. Não sei dizer ao certo por que ele não fala sobre isso. Pensando bem, não sei se eles falam sobre isso. Eu mesmo evito perguntar algumas coisas para ela.

De: Julia
Para: Daniel

Obrigada.
Eu também queria.

Eu leio e não entendo bem a dúvida que se forma. A melhor forma de solucioná-la é perguntando, como ela fez na primeira vez em que trocamos e-mails:

De: Daniel
Para: Julia

Queria que eu estivesse lá ou queria estar lá por mim?

A resposta veio rápida como sempre:

De: Julia
Para: Daniel

As duas coisas.

25
Julia

> "Abafaram nossa voz
> Mas esqueceram de que não estamos sós
> Então eu canto, pra que em todo canto, encanto de ser livre
> De falar, possa chegar não mais calar."
>
> Mariana Nolasco, *Para todas as mulheres*

Não consegui dormir. A troca de e-mails com Daniel, a espera pela ligação de Yumi e saber que teria a primeira sessão de terapia hoje me deixaram em um nível de ansiedade ao qual nunca vou conseguir me acostumar.

O dia amanheceu cinza, o que me fez sorrir: gosto de dias cinzentos. Se chover, gostarei mais ainda.

Seria melhor se eu tivesse dormido, penso ao bocejar. Estou exausta. Não posso dormir, porque não sei a que horas a Yumi ligará. Tenho medo de apagar e não conseguir atender. Seria um vexame.

Abro o armário à procura do pó de café e decido fingir que tive uma noite de sono incrível. Coloco o pó na cafeteira, completo-a com água e não demora para o apartamento ficar perfumado.

Confiro os pedidos do dia e me dou conta de outro lugar de onde a ansiedade vem. Graças a Naomi, logo no primeiro dia temos cinquenta e dois cupcakes vendidos. Apesar de deixar muitas coisas pré-prontas, terei um dia cheio e isso é maravilhoso. Preciso me distrair.

Pego a jarra de café, encho uma caneca bem caprichada e dispenso o que sobrou na garrafa térmica. Dou um longo gole e penso: onde eu estava com a cabeça quando disse aquilo para o Daniel?

A ausência de resposta dele só poderia significar que ultrapassei algum limite. Por que fui dizer que também queria protegê-lo? É natural que ele queira me proteger do assassino da minha mãe e até mesmo do que passei com Eduardo, mas eu o protegeria do quê? O pai dele foi embora — sei disso pela Naomi —, mas meu pai também foi e eu fiquei bem. Eu poderia ter protegido a Rebeca. Talvez houvesse esperança para o casamento deles.

Não gosto quando minha cabeça está assim. Parece que não consigo controlar os pensamentos. Parece não. Eu não consigo. Não gosto quando algo sai do controle. Eu não tive mais nenhum bichinho de pelúcia depois que minha mãe morreu. Por que estou pensando nisso?

Minha respiração se acelera. Vou ter outra crise de ansiedade. Roo um dedo da mão. Sim, um dedo. A questão não é a unha. É a carne. Assim que o dedo começa a sangrar me concentro nessa dor. A dor física que me distrai da dor emocional.

Coloco o dedo debaixo do jato de água da torneira e escuto meu celular tocando com a notificação de um e-mail. Limpo o ferimento e coloco uma atadura.

De: Daniel
Para: Julia

Bom dia, Julia,
Hoje é um grande dia!
Parabéns pelo novo negócio.
Estou orgulhoso.
Depois me conta como foi.
Beijo,
Daniel

Puxo o ar com a boca aberta, confusa. Ele não ficou bravo. Nem se fechou nem nada do tipo. Então, eu não fiz nada errado. Ele ainda quer falar comigo. Meu Deus, por que eu me importei tanto com isso?

***

O dia voa.

Yumi me liga logo na sequência ao e-mail do Daniel e agradeço aos céus por isso. Temos uma boa conversa. Ela não me culpa pela omissão de Naomi e demonstra estar bem preocupada com a filha. Pede que eu fiscalize os cuidados da garota em relação à pandemia e fica surpresa quando conto o quanto Naomi toma cuidado. Ela também me conta que é Leandro quem fará as entregas, e não a filha. Não me oponho.

Naomi chega depois de meia hora empolgadíssima com o preparo das nossas encomendas.

— O entregador vai trazer uma surpresa — Brinca.

— Fiquei sabendo que seu pai vem aqui — confirmo. Estou um pouco aflita.

— O próprio, mas a surpresa é dele com o tio Daniel.

— O que vocês estão aprontando? — Estou curiosa.

Não recebo nem uma dica e me dedico à única coisa que posso controlar naquele momento: o preparo dos cupcakes.

***

A surpresa são adesivos personalizados para as caixinhas de entrega. O desenho de uma menina oriental com cabelos azuis, mordendo um cupcake colorido, simbolizando Naomi, e o texto "Delícias JuMi" estão estampados em centenas de adesivos.

Meus olhos se enchem de lágrimas. Por conta da pandemia, Leandro e eu ficamos a uma distância segura. Isso é bom porque no momento tenho dois sentimentos distintos: gratidão e medo. É a primeira vez que fico tão perto de um homem depois do que Eduardo fez. Mesmo os médicos e enfermeiros tomavam cuidado para que mulheres me atendessem. Carol me disse que era padrão do hospital em caso de violência doméstica.

Sentir medo do pai de Naomi desperta a culpa e não consigo mais conter as lágrimas. A menina tenta se aproximar de mim e dou um passo atrás, recuperando o fôlego. Preciso ser forte por ela.

— Você gostou? — Naomi está aflita. — Eu usei o nosso ship. — Ela explica a junção do Ju, do meu nome, e o Mi, do nome dela.

Balanço a cabeça, recuperando-me de um soluço.

— Eu ia usar "cupcakes JuMi", mas o tio Daniel me lembrou de que você faz muitas coisas gostosas. — Naomi e Leandro se entreolham. — Desculpa por não ter você desenhada...

— Não, Naomi — Quero me aproximar dela e me seguro. — Estou emocionada. São lágrimas de emoção. É lindo. Se não fosse por você, eu não teria conseguido, e esse desenho está muito lindo. Quem fez?

— Eu — Leandro ergue a mão, sem jeito. Acho que ele percebeu que levo um pequeno susto com seu movimento. — Meu irmão ajudou.

— Muito obrigada. — Meus olhos ainda estão brilhando. — Como conseguiram aprontar tudo tão rápido?

— Não dormimos muito e um amigo da Yumi tem uma gráfica. Tivemos ajuda. Foi uma correria bem legal. Os dias se parecem os mesmos na pandemia. É uma forma de agradecer pelo que você tem feito por minha filha e por meu irmão.

Leandro me encara com seus olhos escuros. Sei que ele e Daniel são parecidos pela foto sobre o piano, mas não sei como essa semelhança ficou com o tempo. Ele é simpático. Mais calado que a Carolina.

Quando Yumi me avisou sobre a vinda dele, senti medo. Seu olhar é doce e transmite confiança, mas confiei em Eduardo e ele tentou me matar.

— Bom, então vamos higienizar e empacotar tudo! — Sorrio, ao menos tentando não pensar na tragédia que vivi.

***

Consigo liberar tudo para a entrega a tempo de tomar um banho e fazer minha primeira sessão de terapia on-line. Ainda não sei bem o que pensar. Passei quase uma hora contando minha história para contextualizar a psicóloga. Comentei sobre as crises de ansiedade e ela sugeriu uma consulta com psiquiatra para ver se é o caso de precisar de medicação. Terei de pensar sobre isso. Uma porta aberta de cada vez.

Passei a última hora refletindo sobre a terapia e sobre meu dia. O cansaço pela noite insone começa a pesar. Janto um cupcake de banana com gotas de chocolate. É, eu sei que preciso me alimentar melhor, mas é o que teremos por hoje.

Deito na cama já exausta. Meus olhos estão fechando, mas, antes de apagar, conto para Daniel como tive um dia bom. Omitindo, é claro, as crises de ansiedade e o pavor que senti ao estar próxima de um homem outra vez.

26
Daniel

> "Ei, menina
> Acalma esse seu coração, respira
> Porque tem uma flor em cada esquina
> E os seus problemas vão passar pela manhã."
>
> Pedro Salomão, *Cafuné*

Quase dois meses depois, Naomi entra em meu apartamento usando uma capa de chuva amarela, além da máscara. Ela retira a capa e faz o processo de higienização enquanto fala:

— Se eu quiser continuar a vir, tem que ser assim. Elevadores são um perigo.

Não faço comentários. A capa de chuva pode parecer demais, mas os números têm se multiplicado. Um médico e dois auxiliares de enfermagem morreram no hospital em que Rebeca trabalhava, só na última semana. Conversando com Julia, ela me disse que não faz ideia se morreu alguém do hospital em que ela trabalhava, e que isso aumenta sua culpa por não estar na linha de frente. Isso gerou uma conversa sobre culpa e sobre o quanto é fácil, para nós, colocarmos tudo sobre nossas costas. Aí mudamos de assunto; afinal, apesar de reconhecermos que somos apenas seres humanos, não é bem assim que nossa cabeça funciona.

— Será que você pode dar uma olhada na minha redação? — pergunta Naomi, estendendo o celular, depois de higienizá-lo. — Tenho que enviar até a meia-noite.

Como se fosse a dona do lugar, ela deita no sofá de três lugares. Fecha os olhos e suspira, cansada. Eu ocupo a poltrona e me preparo para começar a ler a redação.

— Como estão as aulas on-line?

— Insuportáveis — lamenta ela. — Tem dias em que a internet do professor cai, tem dias em que minha internet cai ou eu finjo que cai, tem dias em que ele passa um monte de trabalhos e tarefas. Ninguém sabe quando as aulas presenciais voltam. Não que eu queira que elas voltem. Ainda bem que julho está logo aí.

— Não quer rever seus amigos? Tem falado com eles?

Naomi arregala os olhos e me encara. Não sei se o olhar quer transmitir sarcasmo ou tristeza.

— Não falo com ninguém da escola a menos que seja obrigada.

— Eu me lembro vagamente de uma garota que você trazia aqui de vez em quando.

— Stephanie. — Ela fecha os olhos outra vez. — Não somos mais amigas.

— Sabe, quando eu era criança, às vezes me desentendia com algum amigo, mas depois tudo ficava bem. — Tento ajudar.

— Não sou criança. E nada vai ficar bem, tio. Você sabe disso melhor que ninguém.

A desolação no tom não me escapa. É raro, mas há dias em que Naomi não consegue sustentar sua alegria. Acredito que isso seja normal, mas me preocupo quando ela afunda assim.

— O que te faz pensar assim?

— Você está parecendo minha mãe tentando me analisar.

Sei que estou. Foi realmente a intenção. Estou lendo um livro sobre escuta — indicação da Julia — e percebi que, por mais que eu ouça o que as pessoas me dizem, nem sempre estou escutando. Foi a psicóloga da Julia que indicou para ela e eu quis ler para fazer companhia. Mentira. Eu queria ler e poder dizer que era um monte de baboseira. Quebrei a cara. Estou descobrindo que não escutamos nem a nós mesmos quanto mais aos outros.

— Bom, coloca a senha de novo no seu celular, porque preciso ler a redação.

Ela se senta, coloca a senha automaticamente e se deita outra vez, bufando.

— Estou exausta, tio Dani.

"Tio Dani." Nada de Nessie ou qualquer tentativa de me provocar. Naomi não está bem e não sei como ajudar. Que sensação ruim!

— Eu não aguento mais. Quer saber a verdade? — pergunta, sem esperar pela minha resposta para prosseguir. — Mal consigo prestar atenção. Eu tento, mas aí, quando vejo, meus pensamentos estão flutuando e estou fazendo desenhos no caderno. Aí eu penso nas pessoas morrendo. A tia Tatá, que trabalhava na limpeza da escola, morreu de Covid-19, sabia? Tudo por causa daquela tentativa estúpida de retomada antes de termos uma cura ou vacina. Você tem sorte de não precisar trabalhar durante essa pandemia. — Ela se arrepende imediatamente após falar. — Quer dizer, não sorte, né? Você não consegue escrever mais e...

— Eu sinto muito pela tia Tatá. E sinto muito por você ter que lidar com toda a turbulência da adolescência presa em casa. Sei que sou privilegiado por poder dar um tempo de tudo, Naomi. Mas não consigo dar um tempo de você — eu a provoco, e ela faz uma careta, mais aliviada. — Não pense que é fácil. Sou cobrado toda semana para apresentar novos projetos, mas, quando penso em escrever, nada sai. Escrever era minha paixão. Era o modo como eu me comunicava com o mundo e agora... silêncio. Não posso viver assim para sempre.

— Você escreve para a Julia. Sei que é uma escrita despretensiosa, mas se sente bem com isso?

— Sim. — A resposta imediata surpreende até a mim, mas me sinto muito bem trocando os e-mails com Julia, mesmo quando não falamos de nada em particular. Há sempre algo por trás do nada. Uma tentativa de pedir ajuda, talvez?

— O que você gosta de fazer além de escrever?

— Atualmente não sei se gosto de muita coisa.

O pesar na sinceridade da minha fala deixa o ar carregado. Não sei se posso dizer que estou em uma crise de depressão. Cortei as pontas do cabelo — quer dizer, Naomi cortou — e aparei a barba, deixando-a cheia, porém mais curta.

— Bom, fim do horário de dor e sofrimento. — Ela se senta, pega o celular e o desbloqueia outra vez, entregando-me a mim. — A sessão de hoje foi peculiar, mas foi bom conversar. Agora leia a minha redação sobre agropecuária e me diga: eles vão chamar meus pais de novo na escola?

Levo uns três minutos para ler e termino sorrindo. Naomi tem uma visão bem real do quanto o agronegócio passa a ilusão de ser bom para o país, quando na verdade é bom para a minoria milionária e seus acordos com o governo.

— Seus pais serão chamados de novo na escola. — Entrego-lhe o celular e ela cerra o punho com o semblante sério. — Não tem recebido atenção em casa? — Provoco e me corrijo logo em seguida. — A redação e a forma como você defendeu seus argumentos foram brilhantes, mas por que quer tanto que seus pais sejam chamados?

— Não gosto do meu professor de redação.

— Por quê?

— Ele é um babaca.

— O que ele fez?

— Ele quer controlar muito mais do que nossos erros gramaticais ou de estilo. — Ela vira as costas e segue para o corredor que dá para os quartos.

— Naomi, volta aqui. Esse professor fez algo que não deveria fazer? — Meu Deus, como eu pergunto à minha sobrinha se ela sofreu algum abuso na escola e ninguém nessa família percebeu?

— Já encerramos esse assunto por hoje, mas ele não fez nada comigo diretamente. Se ele quiser conversar com meus pais, vamos resolver.

É evidente que Naomi está escondendo algo de mim e que ela percebeu que não escapará de terminar a conversa. Eu a sigo me questionando se pretende ir ao banheiro ou apenas fugir de mim. Estou prestes a perguntar quando ela toca a maçaneta do quarto de casal.

— O que... — não consigo concluir a pergunta, ela abre a porta e olha para o quarto espantada. Está do mesmo jeito que Rebeca o deixou. — Por que fez isso, Naomi?

— Porque todos nós temos nossos fantasmas, tio. E eu quero lhe contar sobre os meus, mas não consigo enquanto você finge que é um ser superforte e não tem nada para enfrentar.

— Eu, superforte? Você sabe que já desmoronei faz tempo. Eu não finjo nada.

— Sim, você finge. Você fica irritado e às vezes até incomodado com a presença dos outros, mas, tirando aquele dia em que precisou me defender sobre as idas à Julia, você nunca mais se abriu. Você guarda tudo aí. — Ela aponta para o meu peito.

— Eu não sou de falar sobre sentimentos.

— É... você fecha a porta e deixa toda a dor lá dentro. — Ela aponta para o quarto, repleto de poeira e escuridão, iluminado apenas pelos raios fracos da lâmpada do corredor. — Onde você dorme?

— No sofá da sala, às vezes no chão do corredor, já apaguei na lavanderia.

— Bêbado?

— Na vez da lavanderia, sim, mas não sempre. Você não devia me fazer essas perguntas.

— E o quarto da Gigi?

— Já tirei alguns cochilos lá, mas eu cuido para preservar o espaço como ela deixou. É o cantinho dela.

— Poxa, Nessie... — Ela apelar para o apelido me indica o quanto está triste e não sabe o que fazer. — Também sinto falta delas, mas não dá para você ficar preso ao passado.

— Estou bem, Naomi. Estou melhorando.

— Nossa, você foi tão convincente agora quanto a companhia de água quando diz que são os banhos longos que acabam com nossos reservatórios, e não o agronegócio.

Passo a mão pelos cabelos, conforme um riso triste escapa com o ar de um suspiro.

— Por que você não faz terapia? — pergunta ela.

— Não acho que preciso. Eu sei o que eu tenho.

— Por que você não conversa com o meu pai?

— Porque ele me diria para fazer terapia, o que seria hipocrisia; afinal, ele mesmo nunca fez. E você sabe que ele tem tanta dificuldade para falar sobre sentimentos quanto eu.

— Você é uma mula empacada, tio Daniel. Se bobear, vou terminar a escola, me formar em psicologia, voltar para passar as tardes com você e eu o encontrarei desse mesmo jeitinho. Vou ter que cuidar do meu pai também. Se vocês não colocam para fora, a dor explode aí dentro.

— Esse não pode ser seu plano, garota.

— Não é. Mas vocês me cansam. Essa família toda me cansa. O caos destrói tudo ao redor e vocês se reúnem para jantar a cada quinze dias e nem tocam no assunto de a vovó simplesmente ter desaparecido, como se tudo estivesse bem e ninguém estivesse prestes a ter um colapso mental.

— Quem vai ter um colapso mental?

— Eu, cacete! — Ela se exalta. — Se ninguém se resolver, eu vou ter um colapso mental.

Ela sai batendo o pé em direção à porta.

— Você fica! Eu vou para casa.

Cruzo os braços e observo a porta bater. É impressão minha ou ela me tratou como se eu fosse um cãozinho adestrado?

27
Julia

> "Tudo bem não estar bem
> Às vezes acontece
> Dias de cinzas vêm
> Mas logo desaparecem
> Tudo tem um motivo
> É pra gente crescer
> A vida nos convida a todo momento
> A gente tá aqui pra aprender a se conhecer."
>
> Thicia part. Pedro Salomão, *Deixa vibrar*

— E o que você sente por não poder sair? — Daniely, minha psicóloga, me pergunta quando lhe conto que recebi a notícia de que Lucia e seu noivo estão internados com Covid-19.

— Eu me sinto culpada. Eu devia estar cuidando da tia Maria.

— O que mudaria com você lá? Ela estaria mais segura?

— Não. Ela deve estar tentando invadir o hospital todos os dias. Ela não parou de trabalhar. Ela se arrisca a todo momento enquanto eu estou aqui, segura, e tendo uma vida cheia de regalias que elas nem sonham.

— E a culpa por tudo isso é sua, por quê? Percebe que o complexo de culpa está sempre pertinho da superfície, querendo aparecer e assumir o comando?

Fico em silêncio. Não consigo evitar o pensamento de que, se eu estivesse lá ou se pudesse mantê-las aqui comigo, elas estariam salvas. Mas estou aqui por uma razão.

— Em que está pensando?

— Eu me sinto culpada por estar protegida. Mulheres morrem todos os dias vítimas de violência. Eu vi que o isolamento fez com que os casos de abuso e feminicídio aumentassem. Por que, de todas essas mulheres, eu tive sorte?

— Ser baleada foi sorte? Apanhar até quase perder a consciência foi sorte? Perder seu bebê foi sorte?

Dor. Meu peito se rasga.

— Conhecer a Dra. Rebeca foi. E isso determinou a vida dela e a minha. Eu causei a morte dela.

— Você não tem como ter certeza disso. — Ela faz algumas anotações enquanto me escuta.

— Claro que tenho. O Eduardo entrou lá e atirou. Ele a matou porque ela quis me proteger.

— Rebeca foi uma mulher incrível e realmente defendeu você e acabou levando um tiro, mas há infinitas possibilidades do que poderia ter acontecido naquele dia e muitas delas poderiam terminar com a morte da Rebeca. Ela escolheu lutar por outras mulheres. O Eduardo não foi o único homem indignado que lhe apontou uma arma. Rebeca sabia dos riscos e ajudava mulheres mesmo assim. Você não pode determinar que sua sobrevivência causou a morte de outra mulher. Nem da Rebeca nem da sua mãe.

— Então por que dói como se eu mesma tivesse esfaqueado a minha mãe e dado o tiro na Rebeca?

— Você não se sente culpada por estar protegida, não é? É por outro motivo.

— Por estar viva.

— É por isso que dói. — Ela me olha com compaixão.

— E se minha amiga morrer? Ou o noivo dela? Eles têm o coração cheio de vida. Eles merecem viver. E se eu nunca mais falar com a Lucia?

— "Eles merecem viver." — Ela repete minhas palavras. — Você merece viver tanto quanto qualquer um. Vamos trabalhar isso nas próximas sessões, ok? Quero deixar um exercício para você: pense nas pessoas que foram tocadas pela sua existência. Nos pacientes de quem cuidou no hospital. Na sua tia Maria, em sua amiga Lucia. No seu pai. Pense em Naomi e no quanto você tem feito por essa menina. E pense em Daniel. Ele não deixa que ninguém se aproxime e tem aberto a porta do seu coração para você. Será que algum deles pensa que você não merece viver?

Ela me deixa com essa reflexão e encerra a chamada de vídeo. Estou agitada. Nem sempre as sessões de terapia são boas. Às vezes, elas acessam pontos dentro de mim que eu queria silenciar, queria extinguir.

Eu me recosto na poltrona e busco por novidades sobre Lucia e o noivo. Nada. O hospital atualiza os parentes uma vez por dia, isso quando o faz. O sistema está sobrecarregado e não há nada que se possa fazer no meio da crise.

Ser enfermeira e estar aqui, escondida, também me frustra. Sinto vergonha. Quando penso em sair, sei que estaria paramentada e protegida contra a Covid-19, na medida do possível, mas quem me protegeria de Eduardo?

Antes de Lucia ser internada, ela me disse que cruzou com ele um dia voltando do trabalho e ele perguntou por mim. Ele sequer tremeu ou demonstrou remorso. Ele ainda lhe disse que acredita que vamos nos entender.

Quando isso vai acabar?

28
Daniel

"Afinal o que é a vida
Se não há tempo pra reparar
Num deslize tudo muda
Num segundo tudo vai mudar."

Gabriel Gonti part. Ana Gabriela, *A gente se dá bem*

Naomi demora uma semana para falar comigo. Eu não a procuro antes, então não posso me fazer de rogado. Envio a mensagem apenas no dia do seu aniversário. Eu queria dizer muito mais coisas, mas tudo o que saiu foi:

Faaaaaaaaala, pirralha do tio!
15 aninhos, hein?
Quando tudo passar, vamos fazer sua tão sonhada festa de debutante!
Feliz aniversário.
Te amo até quando você está p... da vida comigo!

Naomi:
Você pode enfiar essa festa de debutante naquele lugar, Nessie!
Sabe que odeio isso.
A Julia fez um bolo e mais tarde vamos cantar parabéns.

Meu pai criou um link para uma videochamada e vai te passar. Será um evento e tanto, não acha?

Daniel:
Eu mal reconheço sua ironia e sarcasmo pessoalmente, quanto mais por mensagem.
Não quis cantar parabéns aqui em casa por quê?

Naomi:
Minha mãe disse que a parte da família do lado dela ficaria enciumada, já que eu não fui lá nenhuma vez desde que a pandemia começou.

Daniel:
Sabemos a razão disso, não é mesmo?

Naomi:
Claro. Eu sou uma pessoa preocupada que cumpre com as normas da pandemia.
Ou você achou que tinha algo especial a seu respeito?
Não tem mesmo!!!

Daniel:
Você sabe que sou seu tio preferido, Naomi. Nem tente disfarçar.
Acho bom a senhorita aparecer aqui amanhã para me ver ou vou colocar um anúncio de adoção de sobrinhos na internet.
Ou melhor, vou continuar a maratona de séries sem você.

Naomi:
Você não ousaria!!!

Daniel:
Me teste!

***

Por segurança, Julia não faz parte da videochamada. Soube por meu irmão que a pestinha da minha sobrinha desceu para que as duas cantassem parabéns com direito a outro bolo especial para isso. Leandro também me disse que Julia já não parece ter tanto medo dele como no primeiro dia, mas que ela se assusta com qualquer movimento brusco. Isso é algo que eu não sabia. Não faço ideia de como é viver com medo o tempo todo.

De: Daniel
Para: Julia

Senti sua falta na comemoração virtual hoje.
Espero que no próximo ano possamos todos comemorar pessoalmente.

Se alguém me perguntasse por que escrevi essa mensagem, eu não saberia como responder. Como saber onde estaremos daqui a um ano? Julia terá ido embora e deixará esta vida em que precisou se esconder para trás. Por que ela gostaria de manter contato?

Esse pensamento me gera um incômodo. Não consigo entendê-lo e tampouco afastá-lo.

De: Julia
Para: Daniel

Mal consigo pensar em como será a semana que vem, mas gosto dessa versão de realidade em que ainda estaremos na vida um do outro daqui a um ano.
Obrigada pela consideração.

De: Daniel
Para: Julia

Você já faz parte dos meus dias.
Que Naomi nunca nos leia, mas sinto como se eu pudesse falar sobre qualquer coisa com você.

De: Julia
Para: Daniel

É porque você pode, mas é melhor que Naomi não leia mesmo. Ela diz que tem um trabalhão para derrubar suas barreiras.
Tem algo em particular sobre o que gostaria de conversar?

De: Daniel
Para: Julia

Naomi descobriu que mantenho o quarto de casal exatamente como Rebeca deixou. Eu também mantenho o quarto da Giulia do mesmo jeito, mas fechei a porta do quarto de casal e nunca mais entrei lá. As roupas que uso são as que estavam na lavanderia. São quase seis meses. Isso assustou minha sobrinha.
O quarto se tornou um mausoléu e não sei como lidar com essa questão. Naomi diz que nossa família não é muito de conversar. Mentira. Ela diz que não falamos sobre nada relacionado a sentimentos, e tem razão. Sentir é difícil. Machuca. Nós podemos conversar por horas sobre os mais distintos assuntos, mas, se entrar na questão sentimental, caímos fora. Menos a Naomi, essa pestinha não me deixa não falar. O que é irritante.
Quando eu escrevia, sentia por intermédio dos meus personagens e pensei que isso fosse suficiente, mas não é. Sabia que quando releio um livro meu nem acredito que escrevi todos aqueles sentimentos? É como se eu visse pessoas que estão vivendo de verdade em algum lugar.
Eu me sinto perdido. Sou quase grato por vivermos em isolamento e isso faz de mim um ser horrível. As pessoas estão morrendo aos milhares por dia. Mas eu não quero mais sair. Não quero mais viver neste novo mundo em que minha família não existe mais.

De: Julia
Para: Daniel

Manter o quarto fechado tem um significado. Não sei qual é. Tenho gostado de estudar psicanálise, mas estou longe de estar apta para descobrir a resposta para esse enigma. Mas há dor lá dentro, certo? Uma dor imensa. Ela pode estar saindo pelas frestas e te contaminando sem parar.

Conforme crescia, eu evitava assuntos que doíam. Eu fingia que tinha um departamento no meu cérebro onde eu guardava tudo o que doía. Antes, mentalmente eu selava as caixas para nunca mais precisar abri-las. Não preciso dizer que falhei, certo?

Um quarto inteiro. Mesmo selado. Nossa, é muita energia parada. Não sou eu que direi a você quando lidar com isso, mas terá de fazê-lo em algum momento.

Entendo seus sentimentos sobre a pandemia. Eu me sinto grata por estar escondida e ao mesmo tempo me sinto uma pessoa indigna por não estar trabalhando e ajudando a salvar vidas. A culpa vence, como já conversamos. Tenho me questionado muito sobre isso.

O isolamento nos protege de viver com o que teríamos que enfrentar lá fora, mas ele não pode nos salvar de nós mesmos. Nossas angústias nos consomem.

Eu me sinto culpada por sua dor. Acho que esse é o momento que esperei para poder falar sobre isso: me perdoe por ser culpada pela morte da Rebeca.

De: Daniel
Para: Julia

Você não tem culpa pela morte da Rebeca.

Eu carreguei essa culpa por bastante tempo. Acho que ainda carrego, por isso não consigo entrar no quarto.

Rebeca e eu estávamos nos divorciando. Se tudo estivesse bem, ela estaria aqui comigo, segura em casa, mas não havia mais sentimento romântico entre nós.

Não tenta entender os mínimos detalhes da vida, Julia. Isso vai acabar te enlouquecendo.

Conselho de quem finge que está são, mas já está consumido pelos detalhes.

De: Julia
Para: Daniel

1 - Você acha que um dia vai se livrar totalmente da culpa?
2 - Acha que dividir o peso que esses sentimentos causam ajuda?

De: Daniel
Para: Julia

1 - Racionalmente eu sei que ela não me pertence, mas emocionalmente é o problema.
Essa culpa não é de nenhum de nós.
2 - Sim. Dividir esses pensamentos com você me ajuda. E eu espero poder ajudar em retribuição.
É confuso. Se as coisas fossem diferentes, esta conversa não existiria.
E eu gosto muito de poder conversar com você.
Talvez isso gere mais culpa com a qual teremos que lidar. Ou nos perdoar por algo que sequer fizemos.

De: Julia
Para: Daniel

Você pareceu minha psicóloga falando agora.
E, sim, eu também gosto muito de conversar com você.

De: Daniel
Para: Julia

Sinceramente, essas conversas e minha sobrinha são o que ainda me mantêm nesse plano de existência.

De: Julia
Para: Daniel

Entendo exatamente o que diz.

29
Julia

> "I know it hurts
> It's hard to breathe sometimes
> These nights are long
> You've lost the will to fight
> Is anybody out there?
> Can you lead me to the light?
> Is anybody out there?
> Tell me it'll all be alright."*
>
> RUELLE part. FLEURIE, *Carry you*

Ouço a mensagem de áudio de tia Maria apertando o celular com força contra o ouvido. O desespero da sua voz penetra meus tímpanos e começa a correr por meu sangue. Pisco várias vezes, tentando absorver a notícia. Não parece real. Não parece lógico.

Vitor morreu. Lucia precisa de um respirador. Não tem aqui.

Eu vi no jornal que estavam faltando respiradores, mas não quis acreditar que pudesse ser real. Tinha que ser uma invenção. Torci para que

---

* Eu sei que dói/ É difícil respirar às vezes/ Essas noites são longas/ Você perdeu a vontade de lutar/ Tem alguém aí fora?/ Você pode me guiar até a luz?/ Tem alguém aí fora?/ Diga-me que tudo vai ficar bem.

isso, sim, fosse fake news. Não é possível que as pessoas estejam morrendo por não ter como respirar. Pessoas estão morrendo quando poderiam ser salvas.

Desabo no chão, de joelhos. Vitor e Lucia estavam de casamento marcado. Eles seriam felizes. Tudo melhoraria e eu estaria com eles. Eles teriam um bebê e eu seria a melhor madrinha do mundo. Minha amiga e eu seríamos vizinhas outra vez e teríamos muitos momentos felizes. Gargalhadas em meio ao almoço... Falamos sobre isso da última vez. Falamos sobre uma rede que colocaríamos no quintal. Uma não, duas. Tinham que ser duas para que pudéssemos nos deitar e ler lado a lado. Ela com certeza cochilaria, porque Lucia é uma dorminhoca de mão cheia. O que eu faria sem ela?

As lágrimas descem como uma enxurrada. Mal consigo respirar. Um respirador. Preciso de um respirador. Um respirador pode salvar minha amiga.

Eu me levanto, sentindo-me tonta. Não posso deixá-la morrer. E se eu falar com a Carol ou com o Daniel? Talvez eles conheçam algum médico que possa ajudar.

É isso! Dou um salto em direção à porta. É mais fácil se eu falar com o Daniel. Abro minha porta e caminho decidida até a dele. Estou prestes a tocar a campainha quando congelo. Não posso... Não posso ficar sozinha com ele. Ele parece bom, mas e se ele me machucar? Meu Deus, meu Deus, e se ele for diferente de suas palavras?

Aperto o celular de um jeito que sinto que posso quebrá-lo. Ele vibra. Assusto-me e o derrubo no chão. Abaixo correndo para pegá-lo e é uma ligação da tia Maria.

— Perdi minha vida — ela diz entre soluços. — Nossa menina morreu. Ela nem teve chance. Ela seguiu seu amor e nos deixou.

Puxo o ar com toda força, mas não consigo soltá-lo. Minha visão escurece e me apoio na parede. Minha cabeça dói, como nas crises de enxaqueca após o tiro. Bato a cabeça na parede, tentando voltar para um mundo que não existe mais.

Sinto-me enjoada. Ouço o miado de Pumba aos meus pés. Ele escala minha roupa, usando suas garras, e passa a patinha no meu rosto, enquanto eu o abraço, em meio às lágrimas.

Ando, quase às cegas, pelo apartamento e desabo sentada no chão.

Não consigo respirar direito. Não consigo pensar. Não consigo encontrar uma razão para estar viva. É inconcebível que ela tenha morrido por não ter um respirador. Ela poderia ter sido curada. Ela poderia ficar bem. Ambos poderiam. Tantos sonhos se desfazendo na ausência do ar.

Deito-me no chão e Pumba lambe minha testa, aninhando-se contra o meu peito. Eu o abraço, sentindo seu carinho e me culpando por estar respirando.

30
Daniel

> "Hands
> Put your empty hands in mine
> And scars
> Show me all the scars you hide
> And hey, if your wings are broken
> Please, take mine till yours can open too
> 'Cause I'm gonna stand by you."*
>
> RACHEL PLATTEN, *Stand by You*

— A Julia não quer abrir a porta — Naomi conta olhando para o chão.

— Como assim? — Isso é novidade.

— Não sei. Eu toquei, toquei, toquei. E aí ela me mandou essa mensagem: "Preciso ficar sozinha por uns dias, Naomi." Aí eu entrei no grupo do condomínio e ela tinha escrito que a produção de cupcakes ficaria interrompida por uma semana por motivo de luto. Quem morreu?

— Eu não sei. — Confiro meu celular para ver se ela me mandou algum e-mail. Nada.

---

* Mãos/ Coloque suas mãos vazias nas minhas/ E cicatrizes/ Mostre-me todas as cicatrizes que você esconde/ E, ei, se as suas asas estiverem quebradas/ Por favor, pegue as minhas até que as suas possam se abrir também/ Porque eu vou ficar ao seu lado.

— Quando falou com ela pela última vez?

— Ontem de manhã. Trocamos e-mails sobre o estado de saúde da amiga e do noivo. Ela não quis falar muito. Ah, não...

— Eles estavam doentes? — A surpresa no olhar de Naomi se transforma em tristeza.

— Sim, com Covid-19.

— Por que ela não me contou? — A tristeza se mistura à mágoa.

— Acho que, quando verbalizamos que alguém está doente e pode morrer, o medo aumenta. Ela apenas mencionou no e-mail, nem quis discorrer sobre o assunto.

— Entendo. O que a gente faz agora?

— Damos um tempo para ela. — É tudo o que consigo pensar.

— Isso não. Ela precisa de carinho e saber que é amada. — Naomi balança a cabeça e anda de um lado para o outro.

— Ela sabe que é amada.

— Ah, é? Como é que você tem certeza? Você disse, por um acaso? Eu nunca disse que a amo. E amo, sabia? Ela é minha melhor amiga.

Observo Naomi andar pela sala enquanto a verborragia não para. Ela precisa falar. Precisa ficar brava. Precisa colocar para fora a dor que está sentindo. Mas não deixo de observar que ela considera Julia, uma mulher adulta, sua melhor amiga. Naomi precisa de amigos de sua idade. Não é o momento disso, mas terei que conversar com meu irmão em breve. Isso se nenhum dos dois fugir do assunto assim que ele começar.

— Ela precisa do tempo dela para entender e refletir. — Cruzo os braços e me encosto à parede. Não sei o que fazer. — Ela nem pode ir ao funeral para se despedir.

— Nossa, isso é horrível. Se um de nós ficar doente, não poderemos nos ver?

— Ninguém vai ficar doente, Naomi. Estamos em isolamento. — Tento confortá-la.

— Não quero que ela se sinta sozinha. — As lágrimas escorrem. — A gente tinha combinado que ela ia pintar meu cabelo de lilás. Vimos um tutorial e tudo. Sabia que é a cor preferida dela?

— Igual a Gigi... — Dizemos juntos.

— Eu posso tentar pintar o seu cabelo. Me mostra o tutorial aí, vai. Naomi dá uma mistura de soluço com risada.

— Estou triste, Nessie. Não fiquei doida. — Ela funga. — Não preciso pintar agora. Eu só queria uma desculpa para ficar com ela.

— Vou ignorar que você duvidou dos meus dotes de cabeleireiro. — Tento fazê-la sorrir outra vez. Funciona.

— Eu deixo você pintar meu cabelo, se você concordar em fazer uma transformação total no quarto de casal. — Ela ergue o queixo, enxugando as lágrimas, que ainda caem aos montes.

— Você é uma peste, Naomi. Resolveremos isso quando soubermos como a Julia está, ok?

— Não quero que ela se sinta sozinha. — Ela ignora minha tentativa de ganhar tempo. Se eu bobear, qualquer dia acordarei e ela terá feito uma reforma geral no apartamento inteiro.

— Bem, se sentir e estar sozinha são coisas diferentes. O que acha de cozinharmos para ela e escrevermos uma mensagem?

— O que você sabe cozinhar?

— Nada, mas seu pai sabe. Ligue para ele e peça que venha para cá, quando a aula terminar. Vamos preparar uma refeição quentinha. Isso sempre ajuda.

— Eu achava que você odiava quando eu te trazia comida.

— Eu odiava ter que lidar com as pessoas quando não sabia lidar nem com a minha dor, mas eu gostava do seu gesto.

— Interessante.

— Não tem como a comida aparatar na cozinha, né? Alguém tem que trazer. No meu caso, era a minha sobrinha inconveniente — eu a provoco, e ela me mostra a língua.

— Eu sei que você me ama.

— É bom mesmo que saiba.

***

Uma hora depois, Leandro entra no meu apartamento disposto a fazer uma sopa de capeletti. Soubemos por nossa irmã que é a sopa preferida de Julia. Preparamos tudo sem falar muito. Conhecemos pessoas que perderam entes queridos para a Covid-19, mas ninguém da nossa família se foi. A sensação é boa, mas também sentimos culpa. Quando nossa tia contraiu o vírus, mesmo com comorbidade, ela sobreviveu sem dificuldade graças ao hospital em que estava internada. Temos o melhor convênio e, se preciso, podemos pagar por tratamento particular.

Os amigos de Julia estavam em um hospital com 100% dos leitos ocupados. Foi quase como se tivessem sido levados para o matadouro. Eu me sinto péssimo por não ter oferecido ajuda mais efetiva a Julia. Sei que ela recusaria por sua personalidade, mas eu devia ter dito algo e insistido.

Ela respondeu a uma mensagem de Naomi, falando que sua amiga e o noivo partiram com poucos minutos de diferença e que não há mais respiradores para quem chega com a doença.

Quando a sopa ficou pronta, Naomi quis entregar. Mas Leandro sugeriu que embrulhássemos bem e deixássemos na porta, avisando por mensagem. Minha sobrinha teimou, teimou, teimou e, por fim, cedeu. Ela deixou meu apartamento chorando.

De: Daniel
Para: Julia

Não sei o que dizer, Julia.
Não sei como consolá-la.
Juro que faria o que estivesse ao meu alcance, desde que tivesse essa resposta.
O que dizer para alguém que perdeu quem ama?
Me perdoe por não saber.
Logo eu, o escritor.
Qualquer palavra seria vazia.
Me perdoe.
Deixamos uma embalagem com sopa aí na sua porta.

Foi o Leandro que preparou.
Eu gostaria de ter feito algo, mas não acho que um ovo cozido seria o ideal.
Não se preocupe em responder ao e-mail.
Mas me procure se a dor for pesada demais para sustentar, ok? Aquilo que falamos sobre dividir vale para todos os momentos.
Eu não procurei ninguém quando precisei e senti como se meu corpo estivesse oco e não restasse mais nada de mim aqui.
Não se esqueça de que estou a uma mensagem de distância.

31
Julia

> "Cause all of the stars
> Are fading away
> Just try not to worry
> You'll see them some day
> Take what you need
> And be on your way
> And stop crying your heart out."*
>
> Oasis, *Stop crying your heart out*

O quarto está escuro e estou enrolada no edredom. Não levantei o dia todo, exceto para colocar comida para o Pumba. Ele não comeu muito. Parece estar no mesmo estado de espírito que eu.

Estou desolada. Conversei com tia Maria por telefone por quase uma hora. Sei que isso vai contra as normas para minha própria proteção, mas não me importo. Ela disse que Eduardo tem rondado a casa. Ele deve estar estranhando minha ausência. Eu mesma estou. A única razão que me manteve aqui foi tia Maria ter me implorado para não ir, porque isso é exatamente o que Eduardo espera, e ela não quer perder outra filha.

---

* Porque todas as estrelas/ Estão desaparecendo/ Apenas tente não se preocupar/ Você as verá um dia/ Pegue o que você precisa/ E siga seu caminho/ E pare de chorar tanto.

Sua frase me doeu demais. Sei que é assim que ela me considera e me sinto grata por isso. Amor de mãe vindo de alguém que não tem nenhum laço parental comigo parece ser ainda mais forte do que se ela fosse minha mãe de verdade. Eu a amo e implorei para que ela se cuidasse. Disse que poderia enviar algum dinheiro. A venda dos cupcakes está indo muito bem. Tenho recebido até pedido de outros doces, além de receitas salgadas. Naomi fica feliz e diz que devemos expandir.

Fiquei muito triste por não ter aberto a porta para ela, mas eu mal conseguia falar. Não seria bom para ela me ver daquele jeito. Há momentos em que finjo para Naomi que estou bem. E isso não acontece apenas por ela me conhecer há pouco tempo. As pessoas se surpreenderiam se soubessem como é fácil fingir que estou bem, mesmo quando sinto a terra desabar abaixo de mim e me engolir. Eu aprendi desde pequenininha.

Meu pai dizia que eu precisava ser a garota forte dele, que me queria feliz, que me queria vivendo. Ele não gostava quando eu chorava pela perda da minha mãe. Uma vez ele me disse que não sabia como me confortar e que isso o machucava, que minha mãe devia estar triste no céu me vendo assim. Machucar meus pais era inconcebível para mim, então só me restava fingir. Fiquei tão boa nisso que conseguia enganar até a Lucia. Não é justo que a minha dor machuque o outro. Naomi é novinha para se preocupar e ter que cuidar de alguém, e já bastam os cuidados que ela assume para si mesma de sua própria família.

Meu celular vibra e é um e-mail do Daniel. Leio, emocionada. Recomeço a chorar. Desde ontem tudo é motivo para choro. Não consigo parar. Minha psicóloga disse que eu poderia mandar mensagem, mas eu não quis. Não quero incomodar. Preciso ser forte. Não terei essa estrutura para sempre.

Abraço o celular contra o peito e me preparo para levantar para pegar a sopa. Cozinhar para o outro requer um carinho que vem direto do coração. E, se eu comer um pouco, talvez Pumba coma mais de sua ração. Não quero que ele fique doente por minha causa.

Eu visto um roupão felpudo sobre o pijama e caminho até a porta, com o gato ao meu encalço. Abro a porta e, antes que possa me abaixar para pegar a embalagem, vejo Daniel parado em frente ao seu apartamento. Mesmo sendo a primeira vez que nos vemos, é fácil reconhecê-lo. Ele é uma versão mais alta, mais barbuda e cabeluda do Leandro. Sua pele tem um tom um pouco mais escuro, apesar da evidente palidez por não sair de casa.

Ele não diz nada. Apenas faz um cumprimento com a cabeça, que eu retribuo antes de me abaixar e pegar a embalagem.

Seus olhos escuros expressam dores que compartilhamos, mas assim cara a cara nenhuma palavra consegue sair. Aceno com a mão, o que ele corresponde antes de fechar a porta.

Pumba me encara fixamente. Não sei se ele pensa que fiquei maluca por não falar nada ou se apenas está interessado no que há dentro da embalagem. O cheiro é maravilhoso.

***

Não comi muito, mas o suficiente para me sentir melhor. Ainda triste, mas não prestes a desmaiar. Lavo a louça e acomodo o que sobrou na geladeira. Pumba me olha tão revoltado que preciso abrir um pacote de ração úmida para ele. Ele se delicia e sua simplicidade animal me conforta.

Puxo a banqueta do piano e me sento. A música preferida da Lucia é *All of me*, do John Legend. Seria a música da dança dos noivos no seu casamento.

Começo a dedilhar a canção de olhos fechados. As lágrimas escapam e sigo sentindo a melodia, a harmonia. Uma tecla segue a outra, ora juntas, ora separadas. Eu imagino minha amiga e seu noivo dançando. Seu vestido de noiva balançando com os movimentos.

Quando a canção acaba, recomeço. Meu corpo segue o fluxo da emoção e da música. Um amor tão lindo se findou... Um amor tão lindo não teve a chance de se continuar.

A dor da violência que sofri, da morte do meu bebê ainda no ventre, da perda da minha mãe e agora da minha amiga e do seu noivo queima cada célula do meu corpo, mas não paro de tocar, como se a música pudesse me libertar momentaneamente.

Sinto-me sozinha. Sem lugar no mundo. Vazia. Como se não pertencesse a lugar algum. Tão pequena e solitária como quando tentei estancar o sangue da minha mãe. Os soluços fazem meu peito tremer e perco algumas notas, mas não paro. A música é tudo o que me sobrou. Ela é tudo o que tenho. Por que, Deus? Por que preciso sentir tanta dor? Por que preciso ver e reviver a dor de perder todos que amo? Por que eu não posso pertencer a algum lugar e estar segura ali?

Então, como se Deus respondesse de fato, ou numa sincronia sem precedentes, outro piano começa a me acompanhar. Alguém toca a mesma música, alguém vibra a mesma melancolia, alguém consegue chegar até mim e me atingir. A cadência me acompanha como se estivéssemos lado a lado e não com paredes entre nós.

Com um sobressalto que me faz perder um acorde, eu sei que é o Daniel.

32
Daniel

> "All my scars are open
> Tell them what I hoped would be
> Impossible, impossible
> Impossible, impossible."*
>
> JAMES ARTHUR, *Impossible*

De: Julia
Para: Daniel

Obrigada.
Pela sopa e pela companhia musical.

De: Daniel
Para: Julia

Eu não tocava desde que Giulia foi internada.

De: Julia
Para: Daniel

Sinto muito se despertei algum gatilho.

---

* Todas as minhas cicatrizes estão abertas/ Diz-lhes o que eu esperava ser/ Impossível, impossível/ Impossível, impossível.

De: Daniel
Para: Julia

Pelo contrário.
Eu senti a Gigi comigo.
Não devia ter ficado tanto tempo fugindo do piano.
Parece lógico que ele me conectaria a ela.

De: Julia
Para: Daniel

Eu entendo.
A gente foge daquilo que acha que machuca.

De: Daniel
Para: Julia

Quer falar pelo aplicativo de mensagens?

Hesito um pouco antes de mandar o e-mail, mas nem sempre trocamos e-mails longos e o aplicativo é mais ágil. Depois da forma como tocamos e da dor que senti vindo dela, quero mostrar que estou mais perto.

É com alívio que recebo o número de telefone que ela está usando. É o tempo de salvar o contato e mandar uma mensagem:

Daniel:
Oi.

Julia:
Oi.

Daniel:
Eu sinto muito por não poder te confortar como se deve...
Com um abraço, no caso.

Julia:
Teria sido bom.
A falta de contato humano nos deixa

Ela para de digitar por alguns segundos e depois volta.

Julia:
Desconectados.
Eu não deixo Naomi me tocar, por mais que ela insista em querer me abraçar, de vez em quando. Sinto pânico só de pensar que de alguma forma eu possa deixá-la doente. Sei que não saio daqui, mas já vi casos de pessoas que se contaminam com os produtos que chegam de fora.

Daniel:
Eu entendo, porém admito que falho na questão dos abraços. De vez em quando ela me pega desprevenido e me abraça.
Em casa, sempre fomos muito próximos.
Eles são fofoqueiros, então todo mundo sabe de tudo,
Mas travamos quando precisamos falar mais seriamente...

Julia:
De sentimentos?

Daniel:
É.

Julia:
Eu percebi isso no começo com a Naomi.
Ela se abre mais hoje, mas não sobre tudo.

Daniel:
Ela quer reformar o quarto de casal.

Julia:
Como se sente a respeito?

Daniel:
Desconfortável, ainda estou pensando se é a hora.
Quer dizer, tem hora?

Julia:
Quando minha mãe morreu, meu pai se desfez de tudo.
Ele pensou que era o certo.
Não tenho nada dela.
Vá devagar. Primeiro o quarto de casal.
Depois, quando achar que é hora, o quarto da sua filha.

Daniel:
Não sei se consigo me desfazer de nada da Gigi.

Julia:
Entendo.
Eu perdi um bebê.
Descobri a gravidez na manhã em que Eduardo me espancou.
Nem tive muito tempo de curtir a ideia de ser mãe.
Era meu sonho.

Daniel:
Eu sinto muito.
Meu Deus, eu sinto muito mesmo.

Julia:
Eu sei que ele ainda era apenas um feto, mas seria a realização de um sonho. Meu bebê.
A Dra. Rebeca me disse que minhas chances de engravidar outra vez são praticamente inexistentes. Pra ser sincera, nem me lembro dos detalhes. Foi traumático.

Tenho que fazer novos exames daqui a alguns meses, mas não sei se terei coragem de sair. Ainda bem que a psicóloga atende on-line.

Daniel:
Posso ir com você fazer os exames quando chegar a hora, se quiser.

Julia:
Obrigada.
Se eu for, será bom ter sua companhia.

Daniel:
Você viu meu tamanho hoje. Passo por um guarda-costas fácil, fácil.

Julia:
Você é bem grande mesmo. rs

Daniel:
Quase do tamanho da porta. haha
Eu percebi uma coisa.
Posso dividir com você?

Julia:
Claro.

Daniel:
Eu sinto falta quando a gente não conversa.

Julia:
Eu também sinto, mas eu não queria contaminar você com toda a dor que estou sentindo. Mesmo esta conversa. A maior parte dela carregou um tom bem fúnebre.

Daniel:
Sim.
Você sabe que tenho meus problemas em deixar sair o que está aqui dentro, mas sinto que posso dividir com você.

Julia:
É porque você pode.

Daniel:
Viu? Isso é um alívio.
Você é tão franca.

Julia:
Não fui sempre assim.
Trabalhar no hospital ajudou.
As pessoas vêm e vão.
Aprendi a falar sobre qualquer assunto que o paciente precisasse.

Daniel:
Como uma terapeuta?

Julia:
Como uma amiga.
Mas hoje eu não conseguia falar.
Eu queria falar com você, mas me senti fraca por precisar de colo.
Tenho que ser forte sozinha.

Daniel:
Eu tenho quase um metro e noventa de altura e ainda preciso de colo às vezes. Todos precisamos.
Acho que é a primeira vez que admito isso.
Nunca soube como pedir.

Depois que meu pai se foi, eu tinha que cuidar da minha mãe e dos meus irmãos. Não dava tempo para ser fraco, mesmo que por dentro eu desmoronasse...
O importante era que eles não soubessem.

Julia:
E continua assim até hoje?

Daniel:
Nós tentamos. E nós falamos. Só não nos aprofundamos.
A frase que mais dizemos é: "Logo isso passa."
Ah, e também a "Deus está cuidando de tudo". Minha mãe adora essa. Era o que meu pai dizia quando éramos crianças. Talvez por isso tenha sido tão fácil ir embora, afinal ele deixou Deus cuidando.

Julia:
Percebi a ironia.
Eu acredito em Deus. Muito. Mas não me amparo nessa frase.
Se eu acreditasse nisso, seria doloroso demais pensar em onde estava Deus quando minha mãe foi assassinada na minha frente.
Não acho que Deus teve parte nisso.
Foi o homem.
Eu não me lembro do nome do meu padrasto, acredita?

Daniel:
Foi um trauma e tanto.
Concordo com você no que diz respeito a Deus.
Deixar tudo a cargo de Deus tira a responsabilidade do homem.

Julia:
Sim.
Foi meu padrasto que matou minha mãe.
Um homem.
Ele escolheu.

Deus não teve nada a ver com isso.
Ele nos ensina a ser bons e nos dá o livre arbítrio.
Infelizmente meu padrasto usou isso para destruir minha família.

Daniel:
Eu senti raiva de Deus quando soube que minha filha tinha uma doença terminal.

Escrevo as palavras como um raio e envio sem pensar muito. É a primeira vez que me permito falar tão abertamente sobre o assunto. Sinto medo de ser julgado por Julia e destruir a amizade tão bonita que estamos construindo, mas preciso dizer.

Julia:
Eu comecei a sentir raiva de Deus no enterro da minha mãe, porque as pessoas diziam que ela estava com Deus e isso me deixava muito brava. "Deus não é criança. Ele não precisa de mãe", eu disse para o desespero de uma das irmãs do meu pai.
Levou um tempo para passar.
A tia Maria ajudou. Ela é muito fervorosa no quesito religião. Tanto que hoje ela mais me confortou do que eu a ela. Ela acredita que a Lucia e o Vitor estão em um lugar melhor e que os verá de novo.
Foi muito difícil aceitar que minha mãe estivesse em lugar melhor sem mim, mas com o tempo meu coração encontrou conforto. Não sei explicar em detalhes.
Mas fiquei triste com Deus por não me permitir ter filhos e por ter levado a Dra. Rebeca no meu lugar. Ainda estou tratando isso na terapia.
Comecei a meditar também. Foi a Carol que me indicou. Tem sido bom.
Percebi que há muito barulho fora e dentro de mim, a meditação me ajuda a limpar o barulho e me ouvir. Ainda não me entendo, mas estou tentando.

Daniel:
Acho que vou fazer terapia.

Julia:
Está falando sério?

Daniel:
Estou.
Dá para perceber o quanto está te fazendo bem.
Já te contei que fiz por um tempo e parei quando começou a doer demais, né?

Julia:
Sim.
Terapia dói.
Acho que dói bastante antes de nos entendermos.
Tenho medo às vezes.
Também sinto vontade de parar.

Daniel:
E se fizéssemos uma promessa?
Eu fazia isso com o Leandro quando queríamos levar algo até o fim.
Foi assim que estudamos programação na adolescência.
Eu odiei. Ele amou.
Mas, mesmo quando eu queria bater a cabeça na mesa, era divertido estudar com ele.

Julia:
Quer fazer uma promessa de terapia?
Sabe que terapia é um processo muito centrado em si mesmo, certo?
Sabe que vai ter que falar sobre sentimentos?
E sabe que às vezes vai se sentir péssimo ao cutucar suas próprias feridas?

Daniel:
Eu sei.
Mas eu quero descobrir o que acontece depois dessa parte em que nos sentimos péssimos.
Quero descobrir o que acontece quando limpamos a ferida e ela tem a chance de cicatrizar.
Quero descobrir se é possível mesmo fazer parar de sangrar.

Julia:
Você é muito bom com as palavras.

Daniel:
Ainda bem. É assim que ganho dinheiro.

Julia:
Me fez sorrir :)

Daniel:
Era a intenção.
Quando tocamos juntos hoje, senti que você precisava de colo, mas não senti fraqueza, como você pensa que expressa. Senti força. Você já percebeu como toca? Você conecta sua alma ao piano. Isso é raro.

Julia:
Eu estava me sentindo muito sozinha enquanto tocava.
Isso mudou quando você começou a tocar comigo.
Eu sabia que era você.

Daniel:
Talvez em um mundo onde o toque físico é proibido, a música possa ser o abraço de que precisamos.

Julia:
É uma boa metáfora. Devia usar numa história.
Obrigada pelo abraço.

Daniel:
Quem sabe um dia eu use, mas no momento ela é só sua.

Julia:
Que honra.

Daniel:
À disposição.

33
Julia

> "I did my best, it wasn't much
> I couldn't feel, so I tried to touch
> I've told the truth, I didn't come to fool you
> And even though it all went wrong
> I'll stand before the Lord of Song
> With nothing on my tongue but Hallelujah."*
>
> LEONARD COHEN, *Hallelujah*

Em seu livro *Razão e sensibilidade*, Jane Austen escreveu: "Não é o tempo nem a oportunidade que determinam a intimidade, é só a disposição. Sete anos seriam insuficientes para algumas pessoas se conhecerem, e sete dias são mais que suficientes para outras."

Eu não acreditava que isso pudesse acontecer fora de livros e filmes até conhecer Naomi e Daniel. Naomi dispensa comentários, ela chegou como um furacão. Não havia como não percebê-la. Mesmo em silêncio, Naomi transborda emoções que posso sentir até na forma como ela respira. Já Daniel veio no pacote. Foi a regra imposta por ele mesmo para que sua sobrinha e eu pudéssemos continuar nossa peculiar amizade.

---

* Eu fiz o meu melhor, eu sei que não foi muito/ Eu não podia sentir, então eu tentei tocar/ Eu disse a verdade, eu não vim aqui para te enganar/ E mesmo que tudo tenha dado errado/ Eu estarei aqui, diante do Senhor da Música/ Com nada, nada em minha língua além de Aleluia.

Afinal, tenho idade para ser mãe dela. Naomi nunca fala sobre outros amigos. Quando tentei perguntar, ela emburrou tanto que ficou uma semana sem aparecer. Isso me lembrou do Daniel. Por mais que ele se abra de vez em quando, se eu tocar em um assunto que lhe é muito sensível ele desaparece por dias.

Se é fácil lidar com pessoas assim? Para uma pessoa ansiosa como eu, é desesperador. Mas o combo terapia e medicação controlada para ansiedade que meu psiquiatra passou tem ajudado.

Tanto com um quanto com outro, o tempo em conjunto é de muita qualidade. É provável que nós não tivéssemos nos aproximado se não fosse a pandemia. Perder Lucia ainda me dilacera. Eu não tinha outros amigos. É até hipocrisia minha querer que Naomi se relacione com pessoas da idade dela quando ela também é a minha melhor amiga. Uma menina de quinze anos. Ela é tão esperta e vivaz. Se meu bebê tivesse sobrevivido, gostaria que fosse como ela. Não na parte dos segredos, é claro.

Mas, depois de nove meses de convivência, sei que pelo menos não é uma gravidez que ela esconde. Eu não tinha pensado nisso, mas Daniel disse que até marcou a data na sua agenda. Eu ri do alívio dele, mas depois me preocupei com o que impede uma garota tão bacana quanto ela de ter amigos da mesma idade.

Às vezes, Daniel tenta acreditar que é apenas reflexo do comportamento do pai dela. Leandro não tinha muitos amigos além dos irmãos. Tanto que ele completou dezoito anos quando começou a namorar Yumi, dez anos mais velha. E tinha vinte anos quando foi pai. Não foi uma gravidez planejada, por isso Daniel teve medo de que a história se repetisse agora. Leandro não hesitou em se casar com Yumi e criar a filha. Percebo nele e em Daniel um temor imenso de repetir os erros do pai.

Convivo pouco com Leandro. Apenas o tempo que ele fica no apartamento para que eu lhe passe os pacotes para as entregas. Ele é simpático, brincalhão e apaixonado pela família. Naomi o idolatra. Ela olha para ele como se estivesse olhando para a pessoa mais importante do mundo inteiro. Mas há momentos em que ela deixa de sorrir e seus olhos se enchem de lágrimas. Ela sempre sai do ambiente antes que ele perceba.

Eu tive uma sessão de terapia hoje. Sempre saio reflexiva e fico assim por dias. A terapia não se resume àqueles cinquenta minutos em que falamos e somos ouvidos e até recebemos perguntas pertinentes que nos tocam bem no x da questão. A terapia acontece todos os dias, fora da sessão. Aqueles cinquenta minutos são o início de emoções e sentimentos que provavelmente nos devastarão antes de nos fazer melhorar.

A pandemia nos faz lidar com situações que jamais imaginamos passar. Há poucos meses perdi minha melhor amiga, e há quinze dias perdi minha referência materna. Tia Maria teve um infarto. Eu não soube disso no dia. Não soube que ela precisou passar por uma cirurgia. Não soube que ela não resistiu ao procedimento. Quer dizer, eu soube uma semana depois, pelo meu pai. Ele disse que não me contou para me proteger, porque temia que eu fosse vê-la e que Eduardo me encontrasse.

O choque foi tão grande que Naomi precisou chamar a mãe dela, que me medicou e me fez dormir por dezenove horas. Quando acordei por instantes, me senti oca e em seguida fui preenchida por tanta dor que, juro, era como se meu coração estivesse sendo rasgado dentro do peito.

Não falo sobre isso com Naomi. Não falo sobre isso com Daniel. É assunto proibido. Eu fiquei tão brava que quis parar de falar com meu pai, mas ele é totalmente negacionista em relação à pandemia. E se ele ficar doente e eu ainda estiver sentindo tanta raiva dele por mentir... e por ter ido embora, deixando aquele homem entrar e matar a minha mãe?

Minha psicóloga acha que deixei sair o julgamento que tenho desde criança: parte de mim culpa o meu pai. Se ele não tivesse ido embora como foi, talvez ela não estivesse com uma autoestima tão ruim a ponto de cair numa relação abusiva que terminou por matá-la.

Não posso dizer que a Daniely esteja errada. Eu culpo meu pai. E, mesmo assim, uma vez por semana, eu ligo para ele e não digo absolutamente nada sobre a raiva que descobri que sinto.

34
Daniel

> "Cross your heart and say you're never giving up
> That you'll carry on when every door will shut
> That you'll live, you'll live with no regret!
> We wear a smile to hide that we've been hurt before
> Keep our disasters in a suitcase by the door
> Cause you know, you know we're only human!"*
>
> JACQUIE LEE, *Broken Ones*

Julia se fechou depois da morte da tia. Ela decretou que esse assunto é proibido, então não sei como ajudá-la.

Depois de amanhã é Natal e passamos praticamente o ano inteiro de 2020 confinados. Nas poucas vezes em que saí foi para ver minha mãe, como farei hoje. Leandro irá comigo e faremos uma chamada de vídeo com Carol. Aliás, Carol está grávida de seis meses. Obviamente ela escondeu isso da família o máximo que pôde, segundo ela para evitar o pânico, o que não funcionou. Eu fiquei sem palavras. Leandro quase teve uma crise de ansiedade e minha mãe desmaiou por alguns segun-

---

* Comprometa-se e diga que você nunca desistirá/ Que você vai continuar quando todas as portas se fecharem/ Que você vai viver, você vai viver sem arrependimento!/ Nós usamos um sorriso para esconder que fomos feridos antes/ Mantemos nossos desastres em uma mala perto da porta/ Porque você sabe, você sabe que nós somos apenas humanos!

dos. Meu padrasto caiu na risada. Não posso culpá-lo. Tivemos reações absurdas, mas dizer mesmo o que sentimos... ah, isso não rolou. Eu nem sei como o Antônio — meu padrasto há alguns anos — e minha mãe se dão tão bem, mas ele diz que tem seu jeitinho de tirar as palavras dela. Depois do choque, todos felicitamos Carolina e pedimos que continuasse se cuidando.

— Você falou com a mãe no último mês? — Leandro me pergunta ao parar em um semáforo.

— Você tem falado com a mãe no último mês? — devolvo a pergunta.

— Somente um idiota responde uma pergunta com outra pergunta — ele cita o Chaves, como fazíamos desde criança.

— Troquei algumas mensagens e ignorei os vídeos devocionais. — Apontei para a frente, mostrando que o sinal estava verde.

— Os devocionais são muito bons — defende ele.

— Não duvido que sejam, mas vocês precisam parar de tentar resolver a minha relação com Deus. Ela é particular e está ok.

— Ok?

— Não está ótima, oras. Mas está ok. Eu vou me entender com o que sinto quando chegar a hora. Vocês sabem que podem conversar comigo em vez de me mandar indiretas por meio de mensagens devocionais, não sabem?

— Sabemos?

— Quem é o idiota agora? — provoco.

— É que a gente nunca fala sobre nada que gere uma emoção maior do que acreditamos que podemos lidar.

— Essa frase é da Yumi?

— Não posso chegar a essa conclusão sozinho? — Ele faz uma expressão cínica. — Sim, é da Yumi.

— Como você pode ser casado com uma psiquiatra e a nossa família ser toda travada assim?

— Casa de ferreiro, espeto de pau. — Ele usa a expressão que nossa avó dizia em nossa infância. — Mas por que a pergunta? Você acha que devíamos falar de assuntos mais profundos?

— Tenho pensado nisso. Pode ser bom. A mãe e o pai não falavam sobre nada. Não tentavam se entender. Não tentavam nos entender. Dá para dizer que isso deu um bom resultado?
— Ah, você com certeza deu merda. — Ele dá uma gargalhada.
— Trouxa. — Reviro os olhos, mas acabo rindo também.
— Eu dei merda também. Não é porque não falo que está tudo bem.
— Como assim?
Ele inspira e expira profundamente.
— Precisa ser hoje essa conversa? É quase véspera de Natal e eu não vou conseguir disfarçar depois.
— Beleza.
— Pensa assim: a Carolzinha deu bom.
— Com certeza. Tão bom que ela achou que precisava esconder uma gravidez da gente como se ainda fosse adolescente.

***

Convidei Julia para passar o Natal aqui. Ela agradeceu, porém recusou o convite. Eu comprei um presente para ela. Um livro chamado *Amor de redenção*, da Francine Rivers. Minha irmã disse que ela vai amar. Assim espero. Eu não ia escrever uma dedicatória, só colocar um cartão comum de Natal, mas Carol disse que isso era ridículo, bobo e que nem parecia que eu era um autor de novelas. Sim, ela usou essas palavras todas. Aparentemente para jogar as coisas na minha cara ela não precisa guardar segredos.
Então, depois de muito pensar, escrevi:

Não é o Natal que queríamos.
Se eu pudesse, tiraria sua dor com minhas próprias mãos.
Como não posso, deixo este livro e o desejo de vê-la feliz um dia.

Vai ter que servir. Não dá para escrever Feliz Natal. Se alguém falar Feliz Natal para mim ou para ela, a pessoa perdeu o juízo. Como pode ser uma data feliz depois do ano que passamos?

35
Julia

> "When you lose your way and the fight is gone
> Your heart starts to break
> And you need someone around now
> Just close your eyes while I'll put my arms above you
> And make you unbreakable."*
>
> Jamie Scott, *Unbreakable*

Julia:
Muito obrigada pelo livro!
Eu não te comprei um presente de Natal.
Estou com vergonha.

Daniel:
Você falar comigo depois de mais de duas semanas é o melhor presente de Natal que poderia me dar.

Julia:
Me desculpe por isso. E obrigada por assumir minhas encomendas.

---

* Quando você estiver perdida e a luta estiver acabada/ Seu coração começará a quebrar/ E você vai precisar de alguém por perto/ Feche os olhos enquanto coloco meus braços ao seu redor/ E faço de você inquebrável.

Daniel:
Eu só emprestei a cozinha. Leandro e Naomi que fizeram tudo. Foram muitas encomendas de Natal. Nem acredito que minha sobrinha aprendeu a fazer tanta coisa. Meu irmão ficou todo orgulhoso. Não sei se já te falei que ele ama cozinhar.

Julia:
Falou, sim.
Leandro foi muito gentil.
Ele me atualizava de algumas coisas, mas no geral fez o possível para deixar que eu me recuperasse.

Daniel:
Ah, vocês conversaram?

Julia:
Poucas vezes.
Eu mal ficava com o celular.
Ele não te falou?

Daniel:
Não falou nada, não.

Julia:
Como passaram o Natal?

Daniel:
Eles passaram lá em cima e eu aqui embaixo.

Julia:
Sozinho?

Daniel:
Agora estou com você.

Julia:
Engraçadinho.
Você me entendeu.

Daniel:
Não é um "Feliz Natal".
Não quis estragar o clima para eles e muito menos fingir que estava bem.

Julia:
Entendo.
Não é um "Feliz Natal" para mim também.

Daniel:
Por isso eu te convidei.
Nada como ficar triste juntos.

Julia:
Tonto.
Me sinto culpada por você ter passado a noite de Natal sozinho.

Daniel:
Não vou te dizer para vir para cá, porque fui à casa da minha mãe hoje e ela nem sempre se cuida direito em relação à pandemia.

Julia:
Poxa, que pena. Só porque eu iria.

Daniel:
Mentirosa!

Julia:
Hahaha.
Hoje eu não poderia, tenho compromisso com um livro que um famoso autor de novelas me deu.

Daniel:
Haha.
Se eu não escrever nada novo em breve, serei esquecido.

Julia:
Você não será esquecido.
Como anda a terapia?

Daniel:
Eu não dei match com o primeiro psicólogo, depois tentei outro e estou gostando da abordagem. Odeio os gatilhos e o buraco para onde eles me jogam às vezes, mas o cara é bom.

Julia:
A medicação que me deram dessa vez foi muito forte. Eu olhava para o teto e não conseguia pensar em nada, mas antes dela eu só pensava em morte.
Parece que minha vida está se desintegrando.

Daniel:
Eu entendo.
Preciso confessar algo.

Julia:
O quê?

Daniel:
Eu te vi dormindo no dia que te sedaram.

Julia:
Eita, me viu dormindo estilo Edward olhando a Bella ou o Joe de You olhando para qualquer mulher?

Daniel:
HAHAHAHA
Os dois são psicopatas, Julia!

Julia:
Se falar assim do Edward, vou encerrar nossa amizade.
Era a forma de ele cuidar dela.

Daniel:
Então, foi mais como o vampiro que brilha.

Julia:
Bobo... rs

Daniel:
Quando eu a ouvi daquele jeito, gritando desesperada, queria entrar lá e te abraçar, mas o Leandro achou que isso poderia te assustar. Isso fez com que eu tivesse uma crise de ansiedade. Bem mais leve que a sua, mas ainda assim uma crise de ansiedade. Então Naomi me deixou te ver dormindo por alguns minutos.
Ela me disse que eu parecia o Rafa olhando a Vivi dormir. Da série As Batidas Perdidas do Coração. E, Julia, Naomi foi muito melhor em comparações do que você.

Julia:
Essa série eu não conheço.

Daniel:
Precisa conhecer.
Tenho os livros já lançados da série aqui.
Ainda quero escrever uma novela baseada nela.

Julia:
Você viu isso?

Daniel:
O quê?

Julia:
Você ainda quer escrever, Dani.

Daniel:
Gostei disso.

Julia:
Do que exatamente?

Daniel:
Da fé que você deposita em mim.

36
Daniel

> "So hold the ones you love tonight
> Don't let go, don't blink
> 'Cause time is gonna pass you by
> It's always ticking down
> So all we have is now
> What if all we have is now.*
>
> Ross Copperman, *All We Have Is Now*

Três dias depois, acordo na madrugada com a camiseta molhada de suor. Estou ardendo em febre e não consigo respirar direito. Envio uma mensagem para o meu irmão, que vem me buscar e me leva direto para o hospital.

Na emergência, me separam como um possível caso de Covid-19. O corpo dói, a cabeça parece que vai explodir. Estou cansado. Muito cansado.

Logo sou testado e recebo os primeiros socorros. É um hospital particular e atende o meu convênio, um dos mais caros, então me informam que o resultado sairá em poucas horas.

---

* Então segure aqueles que você ama esta noite/ Não deixe ir, não pisque/ Porque o tempo vai passar por você/ Está sempre passando/ Então, tudo o que temos é agora/ E se tudo o que temos for agora.

***

Meu teste deu negativo para Covid-19. Conhecendo meu histórico, Dr. Vicente diz que provavelmente somatizei. O Natal sem Giulia e outras emoções fizeram o corpo reagir. Ele me receita uma série de remédios e me libera para casa. Mesmo em um hospital particular, eles não podem se dar ao luxo de manter um leito ocupado se o paciente tem condição de se tratar em casa.

Leandro me busca, dizendo que vai cancelar a viagem que faria com Naomi e Yumi para a casa dos sogros dele. Eu teimo e não aceito. Ele disse que ainda vai conversar com as meninas e que eu não tenho que aceitar nada. Se eu não estivesse fraco demais, daria um tapa em sua cabeça. Teimoso como uma mula — ou como eu. Tanto faz. Aposto o que ele quiser que ele vai viajar, sim!

Ele para na farmácia para comprar meus remédios. Fico no carro, mas posso vê-lo fazendo uma ligação. Meu irmão está bravo. Sei que não quer me deixar, mas estou bem. Testado. Negativado. E já não sinto falta de ar. Só dor e cansaço. Se eu tomar as medicações, ficarei bem.

Quando Leandro volta para o carro, ele está feliz.

— Tudo resolvido, mano.

Mas o que foi que aconteceu naquela ligação? Eu me darei o direito de não perguntar.

***

Quando chego ao meu andar, a porta do apartamento da frente está aberta. Estranho, mas dou um passo para entrar em casa. Paro quando ouço uma voz desconhecida, ao mesmo tempo profundamente familiar. Eu me viro e encaro Julia à luz do dia pela primeira vez. Ela está usando máscara, mas seus olhos estão franzidos, como se estivesse sorrindo.

— Daniel, se você queria passar o Ano-Novo aqui, era só dizer.

37
Julia

> "Desejo a você
> O que há de melhor
> A minha companhia
> Pra não se sentir só."
>
> Melim, *Meu abrigo*

Daniel entra no apartamento devagar. Ele está de máscara e faz toda a higienização, inclusive trocando de máscara, assim como seu irmão. Naomi está sentada no sofá, com Pumba no colo. No chão, a seu lado, está uma mochila grande de roupas que ela preparou para o tio passar os próximos dez dias ali, enquanto durará a viagem dela com seus pais.

— Eu estive no hospital. Sou um risco para você.

— Não, não é. Você sabe que o Dr. Vicente fez outro teste na hora que você teve alta, justamente para saber se não contraiu o vírus por lá. Você está limpo. Por precaução, também fiz o teste. Vieram colher aqui. Seu irmão cuidou de tudo. Nada de coronavírus em mim.

— Posso ficar sozinho no meu apartamento. Até aceito que você prepare comida — ele tenta brincar.

— Já está tudo decidido, Nessie. — Naomi ergue o queixo. Quem a vê agora, firme, não imagina o quanto ela chorou enquanto o tio estava no hospital. — Você fica com a Julia.

— Tem certeza de que você ficará bem comigo aqui? — ele me pergunta. Posso ver o receio em seus olhos, não é sobre o vírus que ele está falando agora.

Conversei muito com minha psicóloga esta tarde sobre esta decisão. Daniel e eu mantemos contato virtual há meses, ele é irmão da Carolina e do Leandro, tio da Naomi e, sim, tudo isso pode não dizer absolutamente nada e ele ser um abusador como qualquer pessoa pode ser, mas se eu não conseguir confiar nele, depois de tudo o que compartilhamos nos nossos escritos, nunca mais confiarei em um homem.

— Se eu me sentir desconfortável, vou dizer na mesma hora, aí faremos isso de você ficar no seu apartamento e eu preparar a comida, mas acho que dou conta. — Quero dar conta. Quero ser livre e, para isso, preciso lidar com meu medo.

— E ela tem o bastão de choque da tia Carol. — Naomi dá um sorriso.

— Nossa irmã tem um bastão de choque? — ele pergunta espantado para Leandro.

— Descobri que ela tem mais de um — responde Leandro, franzindo o cenho.

Temos conversado nos últimos dias e ele se mostrou bastante incomodado com o mundo em que vivemos e em como são muitas relações humanas, cheias de toxicidade, abuso e violência.

— Supondo que você seja um cara mau, a Julia tem um arsenal para te colocar no chão, tio, então seja bonzinho como sabemos que é — Naomi provoca o tio, acariciando a cabeça de Pumba, que mia ao encarar Daniel. Talvez esse felino pense que é um leão e não um gatinho.

Daniel me olha, preocupado com o tema da conversa, imagino, mas Naomi já fez essa piada tantas vezes que nem me incomoda mais.

Naomi e o pai se despedem de Daniel. Leandro está emocionado. Não quer deixar o irmão. Ele ficou muito assustado quando pensou que pudesse ser mesmo Covid-19. Ver a relação de irmandade que existe entre eles e Carol faz com que eu me sinta triste por ter sido filha única e me aperta o coração ao me lembrar de Lucia.

Quando fecho a porta, Pumba caminha até nós dois e fica nos encarando com seus grandes olhos azuis.

— Tem certeza de que ficará à vontade comigo?

— Tenho. — Tiro a máscara. — Não precisamos disso, mas, como boa auxiliar de enfermagem que sou, digo que você deve tomar banho e trocar de roupa. Deixei uma sacola de plástico no banheiro. Coloca essas roupas dentro dela. Sua mochila está ali. Não me responsabilizo pelo conteúdo, as roupas foram escolhas da Naomi.

Ele estreita os olhos e os fixa em mim por alguns segundos. Pumba mia, distraindo-o. Daniel tira sua máscara devagar e passa as mãos pela barba longa, tentando ajeitar a bagunça. Os cabelos compridos estão presos. Ele os solta e os fios se espalham.

É a primeira vez que nos olhamos tão de perto, ainda que estejamos a um metro de distância. Mesmo com a aparência abatida pela doença e pelo tempo no hospital, é evidente que ele é um homem bonito. Desvio o olhar no mesmo segundo que esse pensamento me atinge. Por que pensei isso?

Pumba mia de novo e balança a cabeça, dando-nos as costas e ajeitando-se para dormir na poltrona.

***

Quando Daniel sai do banheiro, a panela com a sopa que estou preparando começa a pegar pressão. Estou de costas para a porta quando ele entra na cozinha.

— O cheiro está ótimo.

Eu me viro para agradecer e meu queixo quase cai. Ele fez a barba. Ela ainda está lá, mas está curta e bem aparada. Os cabelos estão molhados e ele os esfrega com a toalha.

— É bom secar com secador — digo quando as palavras voltam a ter ordem no meu cérebro.

— Não precisa, não.

— Precisa. — Meu tom não deixa abertura para negativas. A experiência com pacientes teimosos é minha aliada. — Já deixei preparado na sala. Venha. Vamos secar.

Passo por ele e sinto seu cheiro pela primeira vez. É o perfume do meu sabonete misturado a algo característico dele. Não sei explicar o que é. Quase tudo o que estamos vivendo hoje é pela primeira vez e é muita informação ao mesmo tempo. Inspiro profundamente tentando me acalmar, mas isso só o traz ainda mais para dentro de mim.

Ele me segue até a sala e se senta no meio do sofá. Fico de joelhos no espaço ao lado e pego o secador. Meu Deus, como ele é alto!

— Você vai secar para mim? — pergunta ele, pausadamente, tentando compreender.

Murmuro que sim e ligo o aparelho. É melhor que eu seque o cabelo dele como já fiz infinitas vezes com pacientes do que vê-lo secando os próprios cabelos e meu cérebro entrar em pane.

Toco seu couro cabeludo devagar e deixo o calor do secador fazer seu trabalho enquanto espalho as mechas cacheadas.

Pumba sai da poltrona, indignado com a perturbação do seu cochilo da tarde e dou um sorriso. Não sou apenas eu que terei que aprender a lidar com outra pessoa aqui o tempo todo.

Termino o trabalho e analiso como os cachos ficaram bonitos, depois de lavados e secos. Coloco uma perna para trás para descer logo do sofá bem no momento em que Pumba decide retornar. Para não acertá-lo, piso em falso e quase caio no chão. Daniel me segura pela cintura e me ajeita no sofá outra vez.

— Ai! — gemo, colocando a mão no tornozelo.

— Machucou?

— Nada que não vá sarar em alguns minutos. Perdi as contas de quantas vezes já quase caí ou caí de fato para não pisar no Pumba. Eu não estava acostumada com a presença de um gato. Agora acho que não posso viver sem um. Quando for embora, terei de adotar um novo companheiro. — Sorrio, levantando-me. — Preciso ver a sopa. — Dou dois passos e me sento de novo. Não se passaram nem vinte minutos. Eu teria que ir à cozinha só para voltar.

— Obrigado. — Daniel aponta para o cabelo.

— De nada. Você não pode tomar friagem e deve repousar. Não queremos que precise voltar ao hospital com uma pneumonia, certo? Recaídas são sempre mais perigosas.

— Certo. — Ele sorri.

— Por que está sorrindo?

— Não esperava que você fosse assim.

— Assim como?

— Toda doce, cuidadosa e um pouco estabanada. Não é à toa que Naomi te adora.

Eu não sou nada estabanada. Seria um pesadelo uma auxiliar de enfermagem estabanada, mas dizer isso a ele só me deixaria com mais problemas.

— Obrigada.

— Quando me tocou, tirou um peso das minhas costas — confessa, passando a mão na cabeça.

— Por secar seus cabelos?

— Por não ter medo de mim. — Seu tom de voz foi bem baixo. Era quase como se fosse ele quem estivesse com medo.

Eu sabia que esse assunto surgiria entre nós. Não esperava que fosse tão cedo, mas teríamos que conversar. A base da nossa troca nos últimos meses é enfatizar o quanto devemos falar e escutar o outro de verdade.

— Eu tive medo de você por um tempo. Muito medo. De você, do Leandro. Até do porteiro, quando ele interfonava. No hospital, quando o Dr. Vicente veio me ver um dia depois da morte da Dra. Rebeca, eu me sobressaltei. Falei sobre isso na terapia. Não sei como será o dia em que eu tiver que sair daqui. Quando seu irmão ligou para pedir um exame particular para mim, ele frisou que deveriam mandar uma mulher. Eu me senti muito cuidada. Protegida.

— Leandro é assim. Superatento a cada detalhe do que o outro precisa e completamente cego para as próprias necessidades.

— Já percebi isso. Eu sentia vergonha por ter medo dele e de você. Vocês estavam sendo tão bons comigo. Mas eu compreendi que eu tinha direito de sentir medo, mesmo não sendo responsabilidade de vocês.

— Entendo. Acho que finalmente compreendi o que significa quando as mulheres dizem aquilo sobre todos os homens.

— Leandro disse algo parecido. É porque vocês, literalmente, têm como nos subjugar, nos machucar e nos matar. Há mulheres que fazem isso com homens e com outras mulheres também, é claro. Mas o número de homens é muito maior porque vocês são biologicamente mais fortes e historicamente programados para acreditar que são nossos donos.

— Eu não sei o que dizer. O que você diz é verdade. Eu sinto muito.

— Obrigada. Mas, apesar do meu medo, eu não posso viver em um casulo de desconfiança. Não posso viver presa e morrendo de medo do dia que tiver que sair daqui. A terapia tem ajudado muito. Logo começarei o desmame da medicação, mas acho que farei terapia para sempre.

— Tenho entendido muito sobre mim também. É diferente e não chega nem perto da violência que você passou, mas também tenho medo de sair. Tive um ataque de pânico enquanto me atendiam no hospital.

— Parece que sair torna o que passamos mais real, né?

— Sim. Torna. Dá para manter a ilusão de que a vida continua a mesma e que as pessoas que amamos estão vivas lá fora.

— Podemos sair juntos, quando chegar a hora. — Nem sei por que digo isso.

— Com o Leandro e a Naomi a tiracolo, pode ter certeza. — responde Daniel, e eu dou uma risada. — O que fez você decidir que eu me recuperaria aqui com você?

— Seu irmão me ligou chorando, enquanto você era atendido. Ele estava apavorado, disse que não sabia como seria uma vida sem você, que isso não seria possível. Ele também precisou ser atendido, não sei se você sabe.

— Não sabia.

— Ele teve uma crise de ansiedade. Nós nunca tínhamos conversado tanto. Ele disse que não podia perder você. Não agora, quando ele sentia que você estava tendo motivos para ser feliz de novo. Quando ele disse isso, percebi que eu também não aguentaria perder você. Percebi que ele sabia disso e que foi essa a razão de ele ter me ligado. Ele sabia como eu me sentia. Sabia mesmo antes que eu me desse conta. — As palavras saem tão tranquilamente como quando eu as escrevia.

— Como você se sente? — Sua voz é grave, com um tom muito gostoso de ouvir.

— Eu me sinto bem com você. Você sempre pareceu perto, mesmo quando estava do outro lado do corredor.

— Entendo o que quer dizer. Eu nunca fui tão íntimo assim de ninguém na vida. — Ele fala olhando para as mãos pousadas no colo, como se até o fato de assumir essa intimidade fosse difícil.

— Minha psicóloga disse que somos o espelho um do outro. Isso não quer dizer que sejamos iguais, mas há partes de nós que são. Acho que... — Fico pensando em como completar.

— As partes mais machucadas? — Ele preenche o silêncio. — Meu psicólogo disse algo parecido.

— Preciso ver a sopa! — Eu me levanto em um pulo e saio correndo. Quando estou na cozinha, com o fogo desligado e nenhum estrago gastronômico feito, ouço a voz de Daniel atrás de mim.

— Ei, Julia — ele me chama e eu me viro. — Dá para gostar de você ainda mais estando perto.

— Sempre estivemos perto.

— Eu sei, mas você me entendeu.

— É... entendi, sim.

38
Daniel

> "Mas eu vejo
> Na sua cara
> Que ainda é tempo
> Mesmo que tudo diga não
> Ainda é tempo
> De te fazer feliz e me fazer feliz também."
>
> ANAVITÓRIA, *Ainda é tempo*

Acordo com a luz entrando pelas frestas da janela e com Pumba deitado com o focinho colado na minha bochecha. Eu me espreguiço, fazendo o gato abrir os olhos, rolar para o lado e dormir de novo, em instantes. Procuro meu celular e percebo que são 10h21 da manhã. Eu me lembro de Julia me acordando às seis horas, pouco antes do meu celular despertar, com o aviso para tomar o antibiótico.

Na hora em que engoli o comprimido e devolvi o copo com água vazio, pensei que não voltaria a dormir, mas ela me fez deitar de novo, puxou o edredom para me cobrir direito, colocou o dorso da mão sobre a minha testa por alguns instantes e depois saiu, fechando a porta atrás de mim. Tudo isso sem fazer barulho.

Pumba estava tão aconchegado a mim que fiquei com pena e nem percebi que dormi de novo até agora. É a primeira vez que me sinto tão descansado desde antes do diagnóstico da doença da Gigi.

Eu me levanto e encontro meus chinelos emparelhados ao lado da cama. Coloco-os e entro no banheiro do quarto. Julia fez questão de que eu ficasse com o quarto principal, que é o quarto da minha irmã. Não tive muito como argumentar. Na verdade, percebi que tentar argumentar com Julia sobre qualquer coisa que ela pense ser melhor para o meu bem-estar é impossível. Ela não cede. Deve ser ótima no seu trabalho.

Quando saio do quarto, Julia está sentada na poltrona lendo o livro que lhe dei no Natal.

— Este livro é maravilhoso — conta ela, ao me ver. — Não consegui ler enquanto você estava internado. Foi angustiante. Estou retomando agora.

— Imagino. Se até o final for bom como a Carol me disse, me conta.

— Por enquanto, é uma linda história. Fala do amor e de Deus de uma forma que nunca tinha visto em uma história, mas é exatamente como penso.

— Então acertei no presente.

Ela assente e sorri, colocando o livro de lado e levantando-se.

— Que tal um bom café da manhã?

***

Após o almoço, sugiro assistirmos a um filme. Ela aceita, depois de lavar a louça, sem me deixar ajudar em nada.

— Você sabe que não sou um bebê, não sabe? — provoco quando pego o pano de prato para secar a louça.

— Mas está se recuperando e nos próximos dias vai me deixar cuidar de você. — Ela arranca o pano de prato da minha mão, colocando-o no lugar.

— Você é tão mandona.

— Ai, meu Deus, você descobriu meu segredo. — Ela faz uma expressão trágica, que me faz gargalhar.

39
Julia

> "And when
> When the night falls on you, baby
> You're feeling all alone
> Walking on your own
> I'll stand by you
> I'll stand by you
> Won't let nobody hurt you
> I'll stand by you
> Take me in into your darkest hour
> And I'll never desert you
> I'll stand by you."*
>
> THE PRETENDERS, *I'll Stand by You*

Daniel cochila no meio do filme a que estávamos assistindo. Eu desligo a televisão, cubro-o com uma manta e pego o livro para retomar a leitura. Só precisarei acordá-lo daqui uma hora para tomar a medicação e fazer inalação. Ele está se recuperando bem e não teve mais febre, o que é um ótimo sinal.

---

* E quando/ Quando a noite cair sobre você, baby/ Você estiver se sentindo completamente só/ Caminhando consigo mesmo/ Eu estarei com você/ Eu estarei com você/ Não deixarei ninguém te machucar/ Eu estarei com você/ Me deixe entrar na sua escuridão momentânea/ Eu nunca abandonarei você/ Eu estarei com você/ Eu estarei com você.

Decidi pausar a produção de cupcakes enquanto ele estiver aqui. É um risco para minha carreira como confeiteira, mas sei que isso é provisório. Não vejo a hora de poder voltar a trabalhar em um hospital.

Abro o livro, retiro o marcador e me distraio ao ouvir o ressonar de Daniel. Desvio o olhar das páginas para o homem enorme que dorme no sofá. Tão indefeso.

Depois de tudo que passei, olhar para um homem e julgá-lo indefeso é inesperado. Sei que há uma cuidadora inata em mim, mas, com ele, quero fazer mais que auxiliá-lo no processo de recuperação. Quero tirar sua dor e limpar feridas que ninguém pode ver.

Ele murmura algumas palavras desconexas, parecendo em um pesadelo. Fecho o livro outra vez, coloco-o sobre a mesa e me ajoelho, perto da cabeça de Daniel, acariciando seus cabelos, como se fosse uma das muitas crianças a quem já atendi.

— Está tudo bem. Está tudo bem.

Ele abre os olhos e os fecha em seguida, mudando de posição, nem sei se chegou a me ver, estou prestes a me levantar quando ele alcança minha mão e a segura.

— Obrigado — sussurra ele, voltando a dormir em seguida e logo o ressonar tranquilo retorna.

Eu me solto devagar. Surpresa por não ter dado um pulo que me fizesse parar do outro lado da sala. Nos primeiros dias, eu me assustava até com a Carolina e a Naomi.

Sento-me na poltrona e nem tento recomeçar a leitura. Continuo observando-o. Como poderia temê-lo se ele parece mais frágil que eu? Daniel só tem tamanho.

Assim como eu, ele teve que aprender desde cedo a cuidar de si e dos outros. Eu não sei como seria ser responsável por crianças ainda mais novas que eu, como ele teve que ser.

Pumba vem caminhando lentamente e pula no braço do sofá, perto da almofada sobre a qual Daniel está com a cabeça deitada. O gato se senta e me encara.

Por meses, ele foi meu companheiro a maior parte do tempo. Nós temos longas conversas e, mesmo que ele não me responda verbalmente, ninguém me fará duvidar de que ele me entende.

— Para de me julgar! — digo bem baixinho e ele segue sem desviar o olhar como se me dissesse:

— Paro coisa nenhuma!

40
Daniel

> "No, there's no one else's eyes
> That can see into me
> No one else's arms can lift
> Lift me up so high
> Your love lifts me out of time
> And you know my heart by heart
> So now we've found our way
> To find each other
> So now I found my way
> To you."*
>
> DEMI LOVATO, *Heart by Heart*

— O que acha de cortar meu cabelo? — Surpreendo Julia com a pergunta. — Acho que é hora de usá-lo mais curto outra vez. A Naomi disse que faria isso antes de viajar, mas aí fiquei doente e tudo mudou. Mas ela acabou de me mandar uma mensagem dizendo que você já foi cabeleireira.

— Sim. Eu trabalhava com a Lucia em um salão enquanto fazia o curso de auxiliar de enfermagem.

---

* Não, não existem outros olhos/ Que conseguem me ver por dentro/ Os braços de mais ninguém podem levantar/ Me levantar tão alto/ Seu amor me tira do tempo/ E você conhece meu coração de cor/ Então, agora encontramos nosso caminho/ Para encontrarmos um ao outro/ Então, agora encontrei meu caminho/ Para você.

— Desculpe. Eu despertei lembranças ruins.

— Não. São lembranças boas. A perda é ruim. As lembranças que tenho da minha vida com ela são boas. — Seu sorriso é fraco, mas percebo que ela acredita no que diz.

— Nunca tinha pensado desse jeito.

— Foi a tia Maria que me ensinou a pensar assim. Mesmo não me lembrando muito da minha mãe, eu me lembro das histórias que a tia me contava sobre ela. — Seu olhar fica distante, como se estivesse perdida em boas lembranças. — O que acha de cortar o cabelo agora?

— Acho ótimo.

***

É noite de Ano-Novo. Ainda me sinto um pouco fraco e preciso fazer inalação, assim como tomar a medicação no horário certo, o que Julia fiscaliza muito bem. Não falamos sobre a noite como sendo algo especial. Acho que o sentimento dos dois é mútuo. Será o meu primeiro Ano-Novo sem minha filha e depois da morte da Rebeca. Para Julia, será uma virada muito diferente do que estava acostumada, como me contou ontem sobre uma das festas cheia de gente da tia Maria. Gostaria de tê-la conhecido. Tia Maria era direta e comunicativa. Tudo aquilo que aprendemos a não ser.

Depois do banho, saio do quarto vestindo uma camiseta preta antiga e calça jeans. Julia também usa jeans e uma camiseta da Mulher-Maravilha — o que faz todo sentido nela. Seus cabelos caem soltos em cachos até o meio das costas. Ela sorri quando me vê, sorrio de volta. É nosso terceiro dia juntos, mas parece que convivemos desde sempre. Estou tentando entender como isso é possível. Como é ser tão fácil conviver e me abrir com uma pessoa que conheço há tão pouco tempo e como parece ser impossível dizer o que sinto para aqueles que conviveram comigo a vida inteira.

— Este cheiro é do que estou pensando? — pergunto, inspirando o ar.

— Se você estiver falando de frango assado com batatas e brócolis, acompanhado de arroz e creme de milho, é, sim.

— Como você soube?

— O quê? Que é seu prato preferido desde a infância? Leandro me contou. Eu achei que poderia ser bom ter uma comida diferente, além do que você tem comido enquanto se recupera.

— Tudo o que você faz é muito gostoso — admito, aproximando-me dela. — Mal posso esperar para provar. Vai demorar? — pergunto, animado.

— Só o tempo de o frango terminar de assar. Eu quis adiantar tudo enquanto você descansava no quarto, fazia a inalação e depois tomava o banho.

— Parece que você calculou muito bem.

— Calculei mesmo. Sei que esta noite não é fácil para nenhum de nós, mas quis fazer algo especial.

— Sem querer ser repetitivo: tudo o que você faz é especial. — Eu dou mais um passo para a frente, bem devagar.

O celular toca e nós dois nos sobressaltamos. São meus irmãos e minha mãe querendo fazer videochamada. É a primeira vez que minha mãe vê Julia, ela agradece por ela ceder seu tempo para cuidar de mim em pleno Ano-Novo. Acho que nenhum dos meus irmãos preparou minha mãe, mas Julia sorri e diz que é um prazer cuidar de mim, que sou um paciente muito bonzinho e que logo estarei recuperado. Ela fala de mim como se eu fosse um menino vulnerável e isso não me incomoda, pelo contrário. Parte de mim é assim, preciso aceitar isso. Não preciso ser forte o tempo todo. Nem devo tentar. Isso só me fez mal.

Em seguida, é o pai de Julia quem liga. Ela fala com ele em particular e entendo o porquê. Eles estão brigando. Pelo que parece, o pai é negacionista e disse que não se vacinará. Com os números da pandemia subindo, o prognóstico não é bom. Ela argumenta como pode, afinal é da área da saúde. No fim, desliga o telefone com o semblante triste.

Quero me aproximar e abraçá-la, mas não sei se ela quer o mesmo e evito. Eu odiava quando tentavam me consolar pelo fato de o meu pai ser um babaca.

Pumba passa por mim, miando alto. Tenho quase certeza de que ele me chamou de covarde. O gato se esfrega nas pernas dela, que o pega no colo e afunda o nariz em sua barriga. Ele ronrona.

É um gato safado. Se eu tentar colocar a mão em sua barriga, ele a arrancará fora. Já Julia pode aconchegar o rosto todinho. Isso me faz sorrir. Até o bichinho sabe que ela tem um coração doce que precisa ser cuidado.

***

O jantar é delicioso e convenço-a a deixar a louça para amanhã. Tenho um plano: levantar mais cedo e lavar, assim ela não poderá me impedir.

Nós tocamos pianos juntos — as músicas que mais gosto de tocar são *True Colors, City of Angels, Rivers Flowns in You* e *Angel*. Os fogos começam e percebemos que é meia-noite. Julia levanta da banqueta do piano e sai para a sacada. Eu a acompanho. Não preciso olhar para o seu rosto para saber que está chorando. Também estou.

Minha última virada de ano foi pouco antes da internação de Gigi. Ela adorava ver os fogos tanto no Natal quanto no Ano-Novo. Nunca mais verei minha pequena. Nunca mais a terei nos braços. Ela nunca mais verá uma chuva de fogos que fará com que seus olhos brilhem.

A tradição diz que Julia e eu devemos nos cumprimentar e dizer "Feliz Ano-Novo". Meu Deus, eu não consigo... Quero dizer, mas não consigo. Não consigo nem me mexer. As batidas do meu coração aceleram e temo ter uma crise de ansiedade. Julia segura minha mão e percebo que está tremendo. É bem provável que ela esteja sentindo o mesmo que eu. É claro que desejamos um ano novo feliz, mas como seguir depois de tudo o que aconteceu, não apenas em nossas vidas, mas o que ainda acontece no mundo.

Nós nos abraçamos em silêncio. Um silêncio que diz tanto sem precisar nos forçar a dizer nada. Gosto desses momentos com ela, em que apenas estamos conectados, sem ter que explicar o turbilhão que se passa aqui dentro, porque o outro sabe. Não sei por quanto tempo permanecemos assim, fazendo carinho nas costas um do outro.

Não há mais fogos, quando nos afastamos. Julia olha para baixo. Uma mecha de cabelo cai em frente ao seu rosto e uso a ponta dos dedos para colocá-la atrás da sua orelha. Ela ergue o olhar devagar, fazendo meu coração acelerar de um jeito diferente. Eu sei o que está acontecendo. Eu escrevo romances e novelas. Não sou ingênuo. Mas não consigo entender bem por que meu peito parece estremecer, como se o coração se agitasse, como se suas batidas estivessem descompassadas, como se eu fosse um adolescente prestes a dar o primeiro beijo.

Volto a tocar seu rosto com leveza. Ela pode me afastar se quiser, mas não o faz. Mantenho a mão ali, acariciando-a devagar.

Eu me apaixonei por ela muito antes de ver seu rosto. Muito antes de sentir seu cheiro. Eu me apaixonei por ela quando ela era apenas mais um coração atrás da porta, como cada um que vive isolado nessa pandemia. E eu não faço a mínima ideia de como demonstrar o que sinto além do que tenho feito. Não sou inocente e percebo que ela reage a mim de forma positiva. Acredito que é recíproco, mas, se o medo que eu sinto for recíproco também, não sei o que faremos...

Rebeca era uma mulher incrível e nós não demos certo. Ela tentou e eu não a deixei entrar. É claro que eu a amei, mas não a deixei ver nada sobre os meus sentimentos mais obscuros. Eu levantei uma parede que ela lutou muito para derrubar. E, depois, quando ela veio com uma marreta, na intenção de me ajudar, fiz o que pude para afastá-la. Eu a machuquei, ciente do que fazia, apenas para que ela não visse o quanto eu estava machucado.

Para Julia, eu abri a porta e a convidei para entrar e sentar no lugar mais limpo do meu coração. Logo ao lado de Gigi. Mesmo para os meus irmãos e Naomi eu me mantive fechado. Não queria que eles vissem minhas mágoas, minha raiva. Para a Gigi, dei sempre o melhor de mim. Para os outros, não sei se sobrava muito mais que eu pudesse entregar além de estar lá quando eles precisassem, mas sem me expor muito.

Quando Julia estende a mão e toca meu peito com a ponta dos dedos, sei que ela pode sentir as batidas do meu coração, mas ela me olha como se pudesse sentir mais do que isso: ela enxerga dentro de mim. Eu escrevi uma cena assim, uma vez, mas nunca pensei que fosse possível sentir-me tão exposto.

— Eu desejo que você seja livre de todo o peso que carrega. Desejo ciente de que não será fácil, mas estou orgulhosa pelo caminho que o vi percorrendo até aqui e por estar disposto a cuidar de você e dos outros. Por estar disposto a tocar suas feridas para que possa limpá-las e seguir em frente, de verdade. — Suas lágrimas rolam soltas enquanto ela fala.

— É o mesmo que desejo a você. — Sorrio, sem acreditar que estou sem palavras. — Há um tempo você me faz questionar minhas habilidades como escritor. — Isso tira dela uma risada muito gostosa e seguro sua mão sobre meu peito. — Tem muita coisa ruim aqui. Tem muita história que eu tenho medo de tocar e não parar de sangrar. Eu não contava com você aparecendo, sabia?

— Como assim?

— Eu tinha decidido que seria o ermitão em luto até que eu não aguentasse mais e me matasse.

Não há julgamento em seu olhar.

— Nesse sentido posso dizer o mesmo. Não como uma ermitã, mas às vezes eu olhava para a sacada e se não fosse a rede de segurança, nem sei. Um segundo basta, né?

— Um segundo basta.

— Depois que a Naomi apareceu, essa sensação diminuiu. — Ela sorri, lembrando-se de minha sobrinha.

— Ah, depois que a Naomi invadiu minha casa, eu fiquei ainda mais perdido. Percebi que ela precisava de algo e não sabia como perguntar nem como ajudar.

— Você sabe que era só perguntar, não é?

— Você faz parecer tão simples. — Ergo as mãos. — Eu perguntava e ela se fechava.

— Assim como você.

— Você sabe o que está acontecendo com ela? — Desvio o assunto.

— Sim, eu sei. Ela me contou quando você estava no hospital. — Abro a boca para questionar e sou interrompido. — Não cabe a mim contar o segredo da Naomi. Ela me prometeu contar a todos quando voltar. Eu acho que todos vão ficar bem desde que conversem.
— É algo grave?
— É algo difícil, mas vocês vão ficar bem desde que conversem — repete ela.
— Quando você diz conversar...
— É tudo aquilo que vocês sentem e não dizem.
— Nós somos ótimos em sentir e não dizer. E às vezes somos capazes até de acreditar que nem sentimos. — É estranho confirmar. Já tinha chegado a essa conclusão em terapia, mas ainda não sei bem como fazer com que todos nós conversemos.

Percebo que estou acariciando sua mão e a fito. Ela está tão calma que não me resta alternativa senão me acalmar também.
— Eu não quero machucar você — digo, em voz baixa.
— Por que você me machucaria?
— Porque é o que eu faço: machuco as pessoas.
— Você foi violento com alguém?
— Jamais, mas sei que minhas ações machucaram muita gente.
— Você ainda se culpa pela morte da Rebeca?
— Eu procuro todos os dias não me culpar. É um processo. E você?
— O mesmo.

Lidar com a culpa é algo que ambos estamos aprendendo na terapia e a cada dia. E sei que ambos temos o mesmo pensamento, que decido externalizar:
— Podemos ser felizes depois de tudo?
— Eu não sei. — Ela é tão sincera.

As lágrimas retornam. Somos atraídos um pelo outro, por nossas conexões, pela intimidade que compartilhamos, pelas cicatrizes que dividimos.

Eu movimento minha cabeça em direção a ela muito devagar, esperando que Julia não se afaste, mas lhe dando a oportunidade de fazê-lo, caso queira. Ela não se move e nossos lábios se roçam. O beijo começa delicado, temperado pelo sal das lágrimas.

    Julia suspira entre meus lábios antes de se agarrar ao tecido da minha camiseta. Eu a puxo para mais perto e aprofundo o beijo, conforme sinto que ela se abre. Beijá-la faz com que o sangue corra mais rápido por minhas veias, e a cada segundo sinto que estou no lugar certo, nos braços certos, no caminho certo... pela primeira vez em muito tempo.

41
Julia

> "Look into my eyes, I can see the damage
> I can feel the cold dark place you're in
> You don't have to hide cause I'll be right beside you."*
>
> JAMESTOWN STORY, *Barefoot And Bruised*

Meu celular toca, arrancando-me da sensação idílica que o beijo de Daniel me causa. Nós demoramos alguns segundos para nos afastar. Nosso olhar ainda conectado. Eu sabia que estava me apaixonando por ele, inclusive tentei, em vão, dizer ao meu coração que não o fizesse. Depois do beijo, não sei mais o que pensar. Se eu tivesse que descrever a sensação com uma palavra, eu diria: casa.

A foto do meu pai aparece no visor do celular e chego a pensar que ele quer se desculpar pela teimosia, mas quando atendo reconheço a voz de sua nova namorada. Ela está chorando. Primeiro não consigo entender. Depois não consigo processar.

Daniel percebe que tem algo errado e se aproxima. Eu solto o celular em sua mão e ele conversa com Berenice. Dou alguns passos para trás procurando um lugar para me encostar.

---

* Olhe em meus olhos, eu posso ver o estrago/ Eu posso sentir o lugar frio e escuro em que você está/ Você não tem que se esconder porque eu estarei ao seu lado.

— Entendo — Daniel diz em voz baixa e balanço a cabeça. Eu não entendo.

Quando ele desliga o aparelho e o coloca sobre o balcão da cozinha, dá dois passos adiante e me abraça. Eu desmonto. Não tenho forças para ficar em pé. Daniel não diz nada. Ele me pega no colo, ou eu cairia no chão, e se senta comigo no sofá, ajeitando meu corpo junto ao dele.

— É real?

— Infelizmente, é. — Ele beija meus cabelos.

— Meu pai está morto?

— Sim.

— Antes, ele me disse que a tosse era porque tinha engasgado. Eu acreditei, mas ele já estava doente. A Berenice contou que ele estava tomando "Kit Covid". Meu Deus, eu disse a ele que não havia qualquer comprovação médica para isso, que era coisa para enganar o povo. Ele piorou e morreu na porta do hospital — repito as informações como se quisesse fazer com que minha mente as compreendesse.

— Eu sinto muito — diz Daniel enquanto acaricia minhas costas. Ele me acolhe como se eu fosse uma criança.

Eu levo ainda alguns segundos para entender que nunca mais verei meu pai. O choque atravessa meu corpo com um tremor. Daniel me abraça com mais força quando começo a soluçar:

— Por quê? Por que, Deus? Por quê? Por que todos eles morreram?

— Eu não sei. Eu queria ter essa resposta. Me perdoa, eu não sei.

***

Acordo em minha cama, com Daniel sentado, encostado à parede, parecendo adormecido. A princípio não entendo o que está havendo. Chego a pensar que ele terá dor nas costas por dormir assim, então me lembro da morte do meu pai e volto a fechar os olhos e recomeço a chorar. Os soluços vêm logo em seguida.

— A última coisa que eu disse para o meu pai é que ele não podia me comprar — ouço a voz de Daniel —, que o fato de ele nos dar estes apartamentos não o tornava um cara menos escroto por abandonar uma mulher com três filhos pequenos.

Eu me sento na cama, olhando para ele, cujas lágrimas escorrem pelo rosto.

— Eu nunca disse ao meu pai que o culpava por ter ido embora com outra mulher — falo, baixinho, aproximando-me do Daniel e me sentando a seu lado —, mas eu o culpava. Descobri na terapia. Foi fácil para ele nos deixar. Ele só... foi.

— Meu pai ficou morando com outra mulher no mesmo bairro. Às vezes, minha mãe encontrava com eles na padaria e voltava chorando. Isso antes de ela entrar no modo "tudo é a vontade de Deus". — Daniel me encara, enxugando o rosto. — A outra mulher tinha um filho de outro casamento. Ele empurrou o Leandro um dia, enquanto estavam jogando bola na quadra do bairro. Meu irmão se desequilibrou e caiu. E nem lembro o nome do enteado do meu pai, mas eu bati nele como se estivesse batendo no meu pai. É... parece que já fui violento com alguém, sim. O que isso faz de mim?

— Uma criança que teve que fingir ser um adulto enquanto o verdadeiro adulto foi embora sem olhar para trás.

— Eles nem imaginam o trauma que deixam quando vão embora, né?

— Acho que eles nem param para pensar. A prioridade é o que eles querem.

— Egoísmo.

— Narcisismo, talvez.

— Eu vi meu pai com essa mulher um ano antes de a minha mãe se divorciar — Daniel mantém o olhar perdido. — Por um tempo, eu não soube o que fazer, até que o confrontei. Ele me bateu, me arrebentou para valer. Depois contei à minha mãe. Ela não acreditou em mim. Ninguém acreditou. Nem o Leandro. Quando o tempo passou e ficou provado o tipo de homem que meu pai era, minha mãe me culpou. Ela disse que, quando contei a verdade, acabei com o casamento deles, que ela preferia nunca saber. Mas aí Leandro ficou do meu lado.

Eu me ajeito em frente a Daniel e coloco seu rosto entre minhas mãos, repetindo palavras que disse muito recentemente.

— A culpa não é sua. Eles eram os adultos. Não cabe a uma criança cuidar dos seus pais.

— Eu cresci me culpando por tudo o que acontecia de errado na minha família.

— Entendo a sensação. Você assimilou que uma ação sua poderia ter mudado o resultado, mas nunca teve nada a ver com você. Você não fez nada.

— Vamos precisar de muita terapia ainda, não é? — Ele me puxa para um abraço.

— Muita. Isso é bom. É sinal de que buscamos nos consertar para que não causemos danos irreparáveis nos outros.

— Eu sei que relacionamentos são difíceis e acabam. Rebeca e eu estávamos nos divorciando, mas eu me manteria perto da minha filha. Ia querer fazer parte da vida dela.

— O meu pai me pegava nos fins de semana. Isso era bom. Mas tinha outra mulher lá e ela não era a minha mãe. Por que ele precisava seguir tão rápido?

— Acho que agora nunca vamos ter essas respostas. — Ele acaricia meus cabelos.

— Eu amava meu pai. Ainda estou com raiva por ele ter morrido de uma forma tão estúpida, sem ao menos tentar se cuidar de verdade.

— Sinta a raiva. É uma emoção básica.

— Aprendeu isso na terapia?

— Não. Foi naquele filme da Pixar: *Divertida Mente*. — Ele consegue me fazer rir em meio ao choro. — Quer assistir? Era um dos preferidos da Gigi.

Eu assinto e Daniel se levanta, estendendo a mão para mim. Eu pego sua mão e ele me puxa, acomodando-me contra seu peito mais uma vez.

— Obrigada — murmuro.

— Eu que agradeço. — Ele beija meus cabelos.

42
Daniel

> "Pra você eu me desmonto
> Eu quero que minha voz cante no teu ouvido
> Você me lembra que não há nenhum perigo
> No quarto escuro pra dormir
> E agora eu durmo bem."
>
> ANAVITÓRIA, *Explodir*

Concentro-me totalmente no bem-estar de Julia. Ela permite ser cuidada no mesmo tempo em que não deixa de cuidar de mim. É diferente. Posso ser vulnerável e protetor na presença dela. Não preciso cumprir um papel estabelecido por uma sociedade que nem existe mais. Posso ser o que quer que minhas emoções me digam para ser. Isso faz com que eu vá me compreendendo melhor.

O pai é enterrado em Minas Gerais. A pandemia, além de levar quem amamos, tira-nos a possibilidade de nos despedirmos. Ainda me lembro do tempo que fiquei de joelhos perante o túmulo da minha filha. Imagino o quanto deve ser estranha a sensação de perder alguém em um instante e tudo acabar. Se já é difícil processar por vias normais, como deve ser para Julia?

Agora é noite, estou sentado no sofá. Melhorando da doença, mas ainda tomando as medicações. Julia está deitada com a cabeça no meu colo e Pumba está aninhado em seu peito. Ele não a larga. Gatos realmente têm um sentido aguçado.

A televisão está ligada e estamos assistindo a *Brooklyn 99*, indicação da Naomi quando soube sobre o pai da Julia. Ela disse que precisávamos nos distrair e rir.

Quando o quinto episódio seguido acaba, Julia se senta, encarando-me:

— Você precisa dormir direito hoje.

— Se eu não dormi ontem, então não dá para dizer que dormi mal.

— Então como está se aguentando?

— Eu quero cuidar de você.

Ela sorri. É um sorriso bem pequeno em meio a um rosto marcado de lágrimas e com duas olheiras profundas. Ela sentiu fortes dores de cabeça hoje e, como não sentia há alguns meses, podem ser de origem emocional.

— Você cuidou de mim o dia todo.

— Não quero que acorde com dor e eu não esteja por perto. Você cuidou de mim, agora me deixe cuidar de você.

— Se eu sentir dor, eu chamo você.

— E se você dormisse comigo? — Sob o olhar confuso dela, eu me apresso a continuar. — Só dormisse.

— Eu entendi. Pode ser bom ter contato nessa hora. — Seus olhos se encheram de lágrimas outra vez.

Enquanto nos preparamos para deitar, Pumba pula na cama. Bom, pelo menos um de nós está supertranquilo com a situação.

Quando finalmente ficamos frente a frente, um em cada lado da cama, Julia puxa o edredom e o lençol e se deita primeiro. Ela está vestindo um pijama de alcinha e shorts de algodão. Ela se cobre e se deita de lado, Pumba se ajeita atrás dos seus joelhos. Apago a luz, puxo o outro lado do edredom e do lençol e me deito, também de lado, mas virado para ela.

O quarto está bem escuro e demora para que nossos olhos se acostumem e possamos ver algumas linhas do rosto um do outro.

— Você não está sozinha. — Minha voz corta o silêncio.

— Como sabe que eu estava pensando sobre isso? — responde ela, surpresa.

— Porque era apenas nisso que eu pensava após a morte da Gigi e da Rebeca. E eu ainda tinha meus irmãos. Sei que você não tem mais família, mas você não está mais sozinha.

— Eu sinto como se não pertencesse a lugar nenhum.

— Você pertence a este lugar. — Procuro sua mão e a puxo até meu coração. — Hoje, quando ele bate, se sinto vontade de continuar vivendo é porque você está nele.

Sem que eu esperasse, Julia se aproxima mais e cola seu corpo ao meu, dando um beijo leve em meus lábios e depois se aconchegando contra meu peito.

— Você pertence ao meu coração também.

***

Julia não teve dores e dormimos bem àquela noite. Acordamos ainda aconchegados um ao outro e a luz do dia nos deixa sem jeito. Somos mais íntimos do que já fomos de qualquer pessoa e tudo o que trocamos foi um beijo.

Não temos muito tempo a sós. Minha cunhada me liga, dizendo que precisa antecipar a volta da viagem. Recebo informações como uma bomba: meu irmão testa positivo para Covid-19 e está sendo transferido para um hospital em São Paulo. Em um mundo pandêmico é assim: mal dá tempo de assimilar um choque e já é preciso lidar com outro.

Naomi é a única a testar negativo e se recusa a ficar no apartamento com a mãe. Yumi pede que eu fique com ela por uns dias. Aceito, é claro, e minha sobrinha aparece com uma mala à porta da minha casa, às três da tarde. Tudo o que posso fazer é recebê-la.

Ela anda de um lado para o outro, enfurecida. Tem certeza de que foi a mãe quem contaminou o pai. Mesmo testando positivo, Yumi tem apenas sintomas leves.

— Quer me contar o que está acontecendo? — eu pergunto, muito aflito. Meu irmão está internado e não há nada o que eu possa fazer.

— Meu pai pode morrer, tio Dani. — Ela começa a chorar.

— Ele não vai morrer. Não repete mais isso. — Tento não expressar o quanto estou em pânico.

— Mas ele pode. E ele vai morrer sem saber o que minha mãe fez, porque eu não contei a ele. É tudo culpa dela.

— O que ela fez?

— Eu a vi beijando o meu professor de redação.

Levo alguns segundos para assimilar a informação e a ironia do destino. Parece que a vida se repete muitas vezes. Penso na dor que ela sentiu ao guardar o segredo e no pavor que sente agora ao saber que o pai pode morrer.

— Vem cá, Naomi.

— Ah, tio, nem tenta. Você não entende. Ninguém entende.

— Sim, eu entendo. — Atraio seu olhar espantado. — Senta aqui. — Toco a almofada do sofá a meu lado. — Tem algo que eu preciso contar para você.

***

Talvez eu tenha levado alguns minutos para criar coragem e realmente conversar com minha sobrinha. Quando termino de contar o que aconteceu depois que vi meu pai traindo minha mãe, Naomi está em silêncio.

— Nem meu pai acreditou em você? — pergunta ela.

— Ele era uma criança. Não pode ser culpado por isso.

— Então, talvez ele não acreditasse em mim.

— Ele acreditaria. Ele é um adulto agora. Um bom adulto. Ele acreditaria em você.

— Como pode ter certeza?

— Porque eu estou acreditando, lerdinha — eu a provoco e ela franze os olhos, mas sorri.

— Como você se sentiu quando viu o vovô traindo a vovó?

— Triste, com raiva, confuso. Eu era mais novo que você, mas senti que nossas vidas mudariam para sempre. E mudaram. Eu me culpei por contar.

— Mas você não estava errado. Eu me culpo por ter escondido. — Ela está muito ressentida.

— Não há culpa para nenhum de nós dois quanto a isso, Naomi. São os adultos que devem ser responsabilizados.

— Acho que você está certo. Sinto muito pelo que passou e obrigada por acreditar, tio Dani.

— Eu nunca te vi mentir. Já vi esconder, né? E agora sei o quê, mas nunca te vi mentir.

— Eu não sei como contar ao meu pai, mas vi pelo Instagram do professor que ele estava na mesma praia da casa dos meus avós. Minha mãe saiu um dia e disse que iria ao mercado. A vovó quis ir junto e minha mãe disse que era melhor não. Enfim, uns dias depois o papai ficou ruim e adivinha o que vi nas redes sociais?

— Seu professor está com Covid-19.

— Sim. Sintomas leves. — A raiva está em cada palavra — E minha mãe trouxe isso para o meu pai.

— Bom, ainda precisamos de confirmação sobre essa parte, mas vamos focar nossas energias em manter seu pai bem. Logo ele estará de volta.

— Eu sinto muita raiva da minha mãe — assume ela, dando um murro na própria perna.

— No momento, é normal, mas terá que lidar com essa emoção em algum momento.

Naomi está impaciente. Muitos pensamentos passam por minha cabeça e não sei como acalmá-la ou distraí-la.

— E a Julia? — ela pergunta.

— Ela ia tomar um banho e vir para cá. Não tem sido fácil para ela.

— Não consigo fazer comentários sobre a morte do pai de Julia.

— Você cuidou dela direito, né? Nem consigo imaginar o que é perder o pai. Tadinha. Perdeu tantas pessoas.

— Cuidei, sim.

— O que você fez? — Ela voltou a se sentar ao meu lado e me examina como se pudesse ler minha mente.

Eu não sei exatamente o que havia no meu "Cuidei, sim", mas Naomi captou que era mais do que eu contei.

— Eu a beijei.

— Caramba... Pelo menos uma boa notícia, né?

43
Julia

> "I'll find you in the dark
> I don't think that it's done
> And now just kiss me hard, kiss me hard
> I'll find you in the dark
> Don't you dare breaking my heart."*
>
> Tony Brundo & Nico Bruno, *I'll find you in the dark*

— Naomi, o que acha de redecorarmos meu quarto? — Daniel pergunta a Naomi, enquanto cruzo a porta do apartamento.

— Para de tentar de me agradar, tio Dani.

Nunca estive aqui antes e a primeira coisa que noto é a escuridão. Daniel vivia mesmo em um tipo de autoflagelação constante. A garota me cumprimenta com um soquinho. Ainda com medo de que, mesmo negativada, possa causar algum dano a nós.

— Eu sinto muito, Julia — diz Naomi.

Não consigo mais mantê-la longe e a puxo para um abraço. Ela começa a chorar.

— É sério sobre o quarto. — Daniel retoma o assunto, enquanto Naomi se afasta, enxugando o rosto com o dorso da mão. — É hora.

---

* Eu vou te encontrar no escuro/ Eu não acho que acabou/ E agora apenas me beije forte, beije-me forte/ Eu vou te encontrar no escuro/ Não se atreva a partir meu coração.

— A Julia pode ajudar?
— Pode.

***

Os próximos dias são tomados por escolha de tons de tinta e compra dos materiais de que precisamos, tudo pela internet. Nas pausas, Daniel e eu tocamos piano juntos e Naomi deixa escapar um sorriso ou outro.

Não conseguimos manter o clima bom quando ficamos sabendo que Leandro precisou ser intubado.

Daniel conversou com Yumi por telefone. Ela não sabia que a filha a tinha visto com o professor, mas disse que contou sobre o caso a Leandro, logo no início da pandemia, e que pensaram em se separar, mas, quando perceberam que não sabiam quanto tempo duraria o isolamento, preferiram manter Naomi com os dois. Ela via agora que isso tinha sido um erro, afinal Naomi foi se afastando dela cada vez mais.

Naomi ficou aliviada quando Daniel contou que o pai já sabia, que pelo menos a mãe tinha sido honesta. Depois se sentiu triste por não ter se desabafado com ele.

Por mais que a reforma do quarto de casal nos distraia, é difícil não estremecer toda vez que toca o telefone.

Eu perdi todas as pessoas que amava durante a pandemia. Uma atrás da outra. E sei que há uma grande quantidade de pessoas que passou pelo mesmo e, assim como eu, não pôde se despedir. A sensação é dolorosa e estranha, porque parece que a qualquer momento meu pai, tia Maria ou Lucia irão me ligar e tudo estará bem.

Durante a pandemia não saí uma vez sequer. Pelo medo que tenho de Eduardo e por pensar em como é lá fora agora. Ouço falar de um "novo normal", mas como pode haver algo de normal na morte de milhões de pessoas?

Estamos dormindo todos no meu apartamento — quer dizer, no de Carolina. É que estou aqui há tanto tempo que é confuso, às vezes.

Naomi dorme no quarto de hóspedes, eu durmo no quarto da Carolina e, em teoria, Daniel dorme na sala, mas ele sempre vem para a minha cama depois que Naomi dorme, e levanta antes de ela acordar para voltar a deitar no sofá da sala.

Nós não conversamos sobre o que temos, mas buscamos força um no outro quando a nossa se esgota. No momento, procuro fazer o possível pelos dois. São eles que mais precisam. Aí ele vem e me abraça, e eu me lembro de que ele sabe que perdi meu pai recentemente. Todos estamos em sofrimento enquanto confortamos o outro. Todos precisamos uns dos outros.

Amar alguém em tempos pandêmicos é isto: saber que você precisará confortar e ser confortado; e que haverá situações em que nada poderá ser feito além de um abraço. Dependendo da situação, nem um abraço será permitido.

***

No sexto dia de intubação de Leandro, meu celular toca. Como quase ninguém tem o número, a apreensão me preenche, mas logo percebo que é o contato da advogada que Carolina contratou.

Ouço cada palavra com atenção, sob o olhar atento de Naomi e Daniel. Não respondo mais do que alguns monossílabos. O mundo está mudando mais uma vez.

Quando desligo, eu me sento no sofá e Daniel se aproxima de mim:

— O que houve?

— Eduardo pegou Covid-19.

— E aí? — Naomi se abaixa, tocando meus joelhos.

— Ele está morto. — Deixo meu aparelho de celular escorregar para o sofá. Minhas mãos estão congelando. — Não tinha vaga no hospital.

— Pelo menos essa doença deu uma dentro — Naomi responde com o queixo erguido.

— Naomi! — O tio a repreende.

— Qual é, tio? Ele matou a tia Rebeca e teria matado a Julia se tivesse chance. Bem-feito.

Meu corpo todo começa a tremer e ouço Daniel pedindo para Naomi buscar um copo de água. Minha vista está escurecendo.

— O que foi, Julia? O que está sentindo? — Daniel me abraça.

— Eu quis que ele morresse... — Minha fala é pausada e carregada de culpa. — Cada vez que alguém que eu amava morria, eu queria que fosse ele no lugar. Eu trabalho para salvar vidas e eu desejei a morte de uma pessoa.

— Eu também desejei, Julia. — Daniel acaricia minhas costas. — São apenas pensamentos de pessoas feridas por ele. Está tudo bem. Não foi seu pensamento que causou isso.

— Não me acha um monstro por pensar assim?

— Só se eu for um monstro também.

— Se vocês são monstros, eu sou o capeta, porque quis que esse cara morresse desde o primeiro dia! — Naomi cruza os braços, após me dar o copo de água. — Vocês não são monstros. São humanos. É normal ter raiva e até pensar coisas ruins. Foi isso o que você me disse, tio Dani, quando falei o que sentia sobre minha mãe. Isso não quer dizer que eu quero que ela se machuque. Agora o ex da Julia, eu quis, sim. Quis muito.

— Naomi! — Daniel repete, passando a mão pelos cabelos.

— Ué, tio Dani, Deus está vendo o que penso. Não vou mentir. Mas sinto muito pela família dele. Pronto. Está melhor assim?

Minha visão começa a clarear um pouco e enxergo o sorriso cínico de Naomi. Não sei se é bom ou não termos esses tipos de pensamentos, mas concordo com ela sobre sermos humanos. Parece que essa menina de quinze anos lida com seus sentimentos muito melhor que todos nós.

Daniel não diz nada, mas me mantém perto de si e do seu calor.

Não posso mentir para mim mesma. Saber que meu algoz está morto me deixa aliviada.

44
Daniel

> "In case you didn't know
> Baby, I'm crazy 'bout you
> And I would be lying if I said
> That I could live this life without you
> Even though I don't tell you all the time
> You had my heart a long long time ago
> In case you didn't know."*
>
> BRETT YOUNG, *In Case You Didn't Know*

Mais uma semana se passa. Conversei com minha irmã por videochamada e contei sobre a internação de Leandro. Estávamos escondendo dela, mas isso não é certo. Mesmo que ela esteja grávida, é seu direito saber o que acontece em sua família. Carolina chorou muito e quis voltar para casa, mas quanto a isso não há o que fazer. Ela apenas se arriscaria, afinal nenhum de nós pode ver o Leandro.

Minha mãe chora e reza. Nesta situação, não há nada mais a fazer, além disso.

Julia e eu continuamos dormindo juntos e eu desconfio que Naomi saiba, porém ela não faz nenhuma gracinha. Acho que ela sabe que dormir aqui significa apenas isso, estamos nos confortando.

---

* Caso você não saiba/ Querida, eu sou louco por você/ E eu estaria mentindo se eu dissesse/ Que eu poderia viver esta vida sem você/ Mesmo que eu não lhe diga o tempo todo/ Você conquistou meu coração há muito tempo/ Caso você não saiba.

Às vezes, quero tanto ficar com Julia que meu corpo inteiro dói, mas não posso iniciar nada neste momento, não quando podemos receber uma ligação a qualquer instante dizendo que meu irmão está morto.

Eu nem faço ideia de como reagirei, se isso de fato acontecer.

Minha mente se perde apenas com esse pensamento.

***

A ligação chega. Como sempre, meu coração congela ao atender Vicente, nosso amigo médico.

— Adivinha quem foi extubado hoje e está respirando sozinho? — ele pergunta com a voz alegre, emocionada. Continuo em silêncio e ele continua: — Seu irmão está reagindo, Daniel. É um bom sinal.

Começo a chorar e Naomi se aproxima em desespero, com Julia a seu lado.

— Ele está bem, ele está bem — apresso-me a falar. — Está respirando sozinho.

Naomi e Julia dão gritinhos e me abraçam. Vicente continua falando e até faz uma videochamada para que possamos ver Leandro. Sua voz sai muito rouca e ele parece exausto, além de muito magro, mas é uma bênção que possa respirar sem os aparelhos.

Será uma longa jornada, mas Leandro passou pelo pior e sobreviveu. Agora é continuar caminhando, cuidando e torcendo para o melhor resultado possível.

***

Horas mais tarde, encontro Naomi adormecida na cama e a cubro. Pumba está com ela. Ele me lança um longo olhar e não se move, indicando que dormirá por ali mesmo. Encosto a porta e vou à procura de Julia na cozinha. Ela está fervendo água para fazer chá.

— O que acha de tomar uma xícara de chá de erva-doce com camomila?

— Acho que será o melhor chá que já tomei na vida.

Ela nos serve e adoço as xícaras. Bebemos o chá devagar. O alívio inundando nosso peito. Vicente me avisou que há riscos, mas nada abalará minha fé agora.

Depois do chá, nos preparamos para ir dormir e Julia estende a mão para mim, quando vou esticar o lençol no sofá.

— Ela sabe que você dorme no quarto.

— É claro que ela sabe. — Permito-me sorrir ao segurar a mão quente de Julia.

Entramos no quarto devagar e fecho a porta atrás de nós, trancando-a. Julia me fita, como se pudesse ler meus pensamentos. Ela umedece os lábios e não leva mais do que um segundo para que eu a puxe para os meus braços e a beije. Sou o mais carinhoso que consigo. Não quero pressioná-la a nada, mas quando sinto-a tocar meu abdômen e passar o dedo indicador pelo cós da calça de moletom, derreto.

Pego-a no colo e ela envolve meu pescoço com seus braços. Aprofundo o beijo, sentindo-a inteira comigo. Cada partícula de Julia está comigo neste momento. Cada partícula minha está com ela.

Acomodo-a na cama e puxo sua calça de tecido fino. Ela está com uma calcinha de algodão azul e me olha.

— Não é nada sexy — ela ri, de um jeito doce.

— É a calcinha mais sexy que já vi na vida. — Levo sua mão até meu membro tão rijo que não sei como não rasga o moletom. A prova do quanto ela mexe comigo.

Eu me dispo sob seu olhar. Sei que não estou em minha melhor forma, mas ela me olha com tanto desejo que sinto ainda mais vontade de tê-la mais perto de mim.

Puxo sua calcinha e ela se ergue para tirar a camiseta. Deito meu corpo sobre o dela e aspiro o perfume entre o ombro e o pescoço. Seu corpo treme e ergo-me para olhá-la:

— Está tudo bem?

— Sim.

— Não quero que sinta medo de mim. Nunca. Eu jamais a machucaria.

— Eu sei. Não sinto medo. Só sinto amor por você — ela confessa com muita facilidade.

— Amor?

— Sim.

— Mesmo sabendo que não sou perfeito?

— Principalmente porque sei que não é perfeito, mas dá o seu melhor todos os dias. Eu amo você, Daniel.

Eu a beijo profundamente e acaricio seu seio, enquanto ela suspira e me afasto apenas o suficiente para responder:

— Eu amo você, Julia.

45
Julia

> "So take my hand, don't be scared
> We can go anywhere
> You don't have to run
> You don't have to hide
> 'Cause I got you
> Safe in my hands
> Safe in my hands."*
>
> Eli Lieb, *Safe in My Hands*

Nossos olhos estão conectados quando Daniel diz que me ama. Sinto leveza, amor e reencontro. Quase como se estivéssemos marcados para este momento. Meu corpo treme, mas é pela antecipação do que virá e por seu toque, forte e ao mesmo tempo gentil.

Daniel desce os lábios pelo meu corpo e foca no meu prazer. Nossos gemidos se misturam e me agarro aos seus cabelos cacheados que amo tanto. Estremeço e mal tenho tempo de me recuperar, porque o sinto pressionar minha entrada.

— Faz tanto tempo... Quero tanto você — murmura ele antes de me penetrar vagarosamente até se acomodar dentro de mim. Sei exatamente o que ele quer dizer.

---

* Então pegue minha mão, não tenha medo/ Nós podemos ir a qualquer lugar/ Você não tem que correr/ Você não tem que se esconder/ Porque eu tenho você/ Seguro em minhas mãos/ Seguro em minhas mãos.

Nós nos beijamos outra vez enquanto ele se movimenta devagar. Inclino os quadris, querendo mais. Eu o quero todo. Quero-o se derramando. Quero-o inteiro. Amo cada traço de Daniel, até mesmo aqueles com que ele ainda não sabe lidar, porque é isso que faz dele o homem único que é.

Inclino os quadris mais uma vez.

— Não vou conseguir ir devagar, se continuar fazendo isso. — Sua voz rouca ri, perto dos meus lábios.

— Não vá devagar. Eu quero você todo. Cada parte sua. Entregue tudo para mim.

Ele não espera mais e me atende, aumentando o ritmo de nossos corpos. Nós nos agarramos como se fôssemos a última esperança um do outro, como se os corações já se pertencessem há eras.

Os gemidos se misturam aos nossos nomes, suor, excitação e explosão. Ele atinge o êxtase, e me surpreendo por sentir meu corpo todo estremecer numa onda de calor e amor.

Quando nossos olhares se unem outra vez, estamos chorando. Nós nos beijamos e nos acolhemos. As lágrimas se misturam a soluços e nos abraçamos como se pudéssemos nos tornar apenas um.

Aos poucos nos acalmamos, apesar da respiração acelerada.

— Eu nunca pensei que poderia ser feliz assim outra vez... — Sua voz sai embargada. — Você fez isso.

— Nós fizemos — completo. — Nós. E ainda estamos fazendo. É um processo, Dani. Precisamos continuar nos cuidando.

— Para nós mesmos e um para o outro.

— Isso.

— Meu Deus, como eu amo você. — Ele volta a me beijar.

Nossas lágrimas se misturam mais uma vez. Ainda temos nossos conflitos internos. Sabemos que cada passo precisa ser dado com atenção à criança que moldou os adultos que somos hoje, mas não choramos mais de tristeza. Choramos de alegria, alívio, e pela sensação de estar em casa pela primeira vez.

46
Daniel

> "Rest your head on my heart
> And your pain on my shoulders
> Make your way to my arms
> 'Cause you got me."*
>
> Gavin DeGraw, *You Got Me*

Justamente quando se completa um ano da primeira morte registrada por Covid-19 no Brasil, Carolina marca a videochamada para que possamos ver seu bebê, que nasceu há apenas dois dias.

Leandro teve alta no mês passado e ainda tem uma longa jornada para se recuperar. Fisioterapia, entre outros cuidados. Estou com ele a cada momento. Meu irmão se mudou para o meu apartamento, por enquanto, e estou no de Carolina, com Julia. É claro que Naomi contou para todos que estamos juntos. Ela literalmente deu pulinhos pela casa ao contar para os meus irmãos.

Agora que estamos todos na sala do meu apartamento, com o notebook ligado, olho para esta nova família que a pandemia formou: Leandro, Naomi, Julia e eu. Sorrio. Não sei o que faria se tivesse perdido meu irmão. Ainda não sei o que fazer com o buraco deixado pela morte de

---

* Descanse sua cabeça em meu coração/ E sua dor em meus ombros/ Faça o seu caminho para os meus braços/ Porque você tem a mim.

Gigi e até mesmo de Rebeca. Sei que Julia se sente da mesma forma em relação às suas perdas. Leandro e Naomi também viveram meus lutos e agora enfrentam a separação da família. Mas se há algo que aprendi é que se pode recomeçar, principalmente se tivermos apoio. Não vai ser sempre da mesma forma e com as mesmas pessoas, mas a vida dá um jeito de seguir e precisamos acompanhá-la. Também devemos honrar aqueles que não podem mais caminhar entre nós.

Carolina aparece na câmera, com Davi ao lado e a bebezinha no colo. Ela a ergue um pouco para que possamos vê-la melhor e todos nos emocionamos. Em segundos, estamos todos chorando. A distância é difícil. Não sabemos quando a veremos pessoalmente, mas a esperança da vacina está batendo à nossa porta. Minha irmã e seu noivo, inclusive, já estão vacinados.

Carolina chora, emocionada. Ela nos olha de longe, aproximando a mão do notebook e quase cobrindo a tela, como se quisesse nos tocar pessoalmente. Tanto mudou desde que ela viajou. Sei que ela gostaria do nosso abraço agora tanto quanto gostaríamos do dela.

Conversamos por um bom tempo, até a pequena Alana, a bebezinha, decidir que é hora de mamar. Desligamos a chamada prometendo uma nova em breve e muitas fotos e vídeos no grupo da família.

***

Quando estamos terminando de preparar o almoço, Leandro e Naomi entram no apartamento. Julia aparou um pouco mais da minha barba e fez um corte bonito no cabelo, ainda mantendo os cachos que ela diz adorar.

— Está muito bonito, mano! — Leandro lava as mãos antes de se sentar à mesa.

— Nem sei se posso chamá-lo mais de Nessie — Naomi provoca.

Leandro e Yumi estão se divorciando e decidiram que seria melhor que Naomi ficasse com o pai. Ela vê a mãe a cada quinze dias no fim de semana, mas as duas ainda não conseguem se entender bem.

Enquanto saboreamos uma lasanha deliciosa feita por mim e por Julia, Naomi termina de engolir um pedaço, limpa a boca no guardanapo e diz:

— Já que não há mais segredos: eu gosto de meninas.

Nós, os adultos, nos entreolhamos por um segundo, antes que Leandro responda:

— Isso nunca foi segredo, filha.

— Não? — Minha sobrinha se surpreende.

— Eu conheço você. No início, achei que o problema na escola era por algo assim e que você me contaria quando fosse o tempo, por isso nunca a pressionei quando ficou mais quietinha.

— Isso foi um problema também. Eu e a Stephanie nos beijamos. Eu já sabia que gostava de meninas há um tempo. Tudo parecia fazer sentido na hora, mas no dia seguinte ela se afastou e era como se fosse errado eu me sentir como sentia sobre ela. Depois descobri sobre a mamãe, logo no dia seguinte. E tudo ficou confuso demais.

— Muita coisa ao mesmo tempo e você guardando tudo sozinha. Já sabe que não precisa fazer isso, não é?

— Se até o tio Daniel, que é teimoso como uma mula, aprendeu, acho que posso aprender também. — Ela pisca para mim. — Você sabia também, Nessie?

— Sim.

— Eu também — Julia completou.

— Como?

— Faz parte de quem você é, eu acho — declaro e seguro a mão de Julia sobre a mesa. — Você não esconde quem você é. Dá para tentar, mas quem nos ama, acaba enxergando.

— E não deixaram de me amar? — Minha sobrinha tem lágrimas nos olhos.

— Claro que não — respondemos.

— Por que nunca disseram nada?

— Porque cabia a você dizer, quando estivesse no seu tempo. — Leandro sorri para a filha, que o abraça.

— Eu já ouvi o que a vovó pensa e ela diz que Deus é contra pessoas como eu. — Há temor na voz de Naomi. — Acha que Ele vai deixar de me amar?

— Como assim pessoas como você? Pessoas que amam? Deus não é contra o amor, Naomi. Ninguém vai deixar de te amar, nem mesmo sua avó. Você é o amor da nossa vida. E pode ter certeza de que Deus está muito orgulhoso de você e do modo como você, uma menina e agora uma adolescente, cuidou da sua família. Estamos bem. Fazendo progressos. Agora podemos cuidar de nós mesmos, ok? — Leandro volta a abraçá-la e estico o braço para bagunçar seus cabelos. — E nós cuidamos de você também.

— Você também está fazendo terapia, Lê? — Julia pergunta. Ela e meu irmão têm desenvolvido uma amizade muito bonita.

— Estou, sim. Eles te pagam comissão por cada pessoa que você convence a procurar o psicólogo, Ju? — ele a provoca e todos rimos.

Estamos quebrando um ciclo. Chega de crianças cuidando de adultos nesta família.

47
Julia

> "You and I
> We were meant to be
> I feel it in my soul
> Feel it in my soul
> Never separated, you and me
> Broken made whole
> Broken made whole
> The world it tries to steal our hope
> Tries to make us numb
> But our love has overcome."*
>
> Tim McMorris, *Never Letting Go*

— Ai... — Eu coloco a mão sobre o abdômen e me curvo, mais uma vez.
Daniel se afasta do notebook e corre até mim.
— Não melhorou?
— Não.
— Acho que pode ser pedra no rim. Já tive quando mais nova.
— Vamos para o hospital.

---

* Você e eu/ Estávamos destinados a estar juntos/ Eu sinto isso na minha alma/ Sinto isso na minha alma/ Nunca separamos, você e eu/ Quebrado por inteiro/ Quebrado por inteiro/ O mundo tenta roubar nossa esperança/ Tenta nos deixar entorpecidos/ Mas nosso amor suportou.

***

Daniel segura minha mão enquanto esperamos a médica fazer a ultrassonografia para que possamos ver o tamanho da pedra e se vou precisar ou não de cirurgia. Cheguei até a passar mal de dor.

Ela espalha o gel sobre o meu abdômen e começa o exame. A mudança na sua expressão nos confunde e Daniel aperta minha mão.

— Olha... — começa ela, ligando uma caixinha de som — parece que sua pedra tem batimentos cardíacos.

— O quê? — Daniel e eu perguntamos juntos.

— Você está grávida, Julia. De aproximadamente doze semanas.

— Eu não posso... — Estou abismada.

— Por que pensa assim? Por não ter sentido sintomas antes ou ter menstruado? Isso acontece. — Ela balança a mão como se já tivesse visto centenas de casos assim.

— Não, depois do que passei... a médica disse que não... que as chances eram praticamente inexistentes.

— Pois bem, aqui está o seu pequeno milagre. E ele tem um coração bem forte. — A médica sorriu. — Ah, eu adoro dias assim. — Ela sai para nos dar um momento a sós.

Daniel ainda está apertando minha mão e olho para ele. Há lágrimas de felicidade em seus olhos, assim como nos meus. Depois de tudo o que passamos, ainda ganhamos esse pequeno milagre.

— Como está se sentindo? — ele me pergunta.

— Enjoada? — pergunto, rindo entre as lágrimas. — Mas pensei que era pela dor. Estou muito feliz. Sem acreditar, mas muito feliz. E você?

— Feliz. Estou feliz, meu amor. — Ele toca minha barriga, acariciando-a — Tão feliz que, se pudesse ver meu coração, o veria brilhando.

Toco seu peito, sentindo os batimentos.

— Eu vejo, meu amor — respondo, chorando enquanto ele me abraça. — Eu sempre vi seu coração brilhando, mesmo quando ele estava escondido atrás da porta.

EPÍLOGO
Naomi

> "Step one you say we need to talk
> He walks you say sit down it's just a talk
> He smiles politely back at you
> You stare politely right on through."*
>
> THE FRAY, *How to save a life*

Eu sei que você estava ansioso para me ouvir! Até acho que eu deveria ter dividido a narrativa durante toda a história. O Pumba também.

Bem, quando minha bisa me disse que eu teria que ser a ponte entre minha família, eu tinha apenas onze anos. Alguns anos se passaram e hoje vejo cada membro construindo suas próprias pontes.

Não foi nada fácil. Especialmente porque a maioria deles acreditava que estar próximo fisicamente bastava. Eles não entendiam que é preciso olhar para dentro de si mesmo para assim poder enxergar o outro.

Aliás, eu sei que vocês, adultos, não fazem por mal, mas cuidem das suas crianças além daqueles cuidados básicos. Nós estamos ouvindo quando vocês acham que não estamos. Nós estamos sentindo quando vocês acham que não estamos. Na dúvida, nos pergunte. Vamos responder com mais facilidade que vocês, garanto. E, se sentir que precisa, insista.

---

* Primeiro passo: você diz, "nós temos que conversar"/ Ele se afasta, você diz: "sente-se, é só uma conversa"/ Ele sorri educadamente pra você/ Você, educadamente, o encara.

Eu tive sorte. E isso pode ser algo horrível de se dizer depois de termos passado por uma pandemia que levou e ainda leva tantas vidas. Mas acredito mesmo que a Julia precisava estar em nossa vida. Sei que há muitos meios para que isso pudesse ter acontecido, e eu sou marvete — isso significa que acredito que em outros universos por aí, as coisas foram diferentes. Neste, precisamos perder muito, muito mesmo, até que ela chegasse. E perdemos bastante depois, mas aí não teve nada a ver com ela. Ela foi apenas ganho.

Nem sei se podemos dizer que uma coisa foi consequência da outra. Eu sinto falta da Gigi, sinto falta da tia Rebeca, sinto falta de como as coisas eram antes de meus pais se divorciarem.

Eu olho para o meu pai, ainda reconstruindo sua vida, e quero vê-lo bem em um estalar de dedos. Aprendi, com meu próprio psicólogo — é... também preciso de um — que não vou curar ninguém com um estalar de dedos e é impossível que eu arranque a dor deles com minhas próprias mãos. Uma droga, eu sei.

Minha mãe e eu estamos dando um jeito de nos entender. Ela foi uma esposa ruim ao trair meu pai, mas é uma boa mãe e estou aprendendo a separar isso. Em processo, pelo menos. Ela tem sido paciente e isso é bom. Preciso do meu tempo.

Tia Carolina voltou e adivinha? Nós nos mudamos dos apartamentos e agora moramos um ao lado do outro em um condomínio fechado. Se tem algo que a pandemia nos ensinou é que queremos permanecer perto uns dos outros. Escolhemos isso.

Tio Daniel não pode mais ser chamado de Nessie — só carinhosamente. Ele não se esconde mais. Ele voltou a escrever e veja só: é uma história sobre pessoas que perdem tudo e precisam superar. Ah! E está escrevendo a história que ele e Gigi inventaram juntos quando ela estava doente, sobre a personagem Gigi Luria. Escrever também é uma terapia para ele.

Estamos todos aqui, observando Alexandre — meu priminho — dar os primeiros passos nesse mundo. Alana — minha priminha —, menos de um ano mais velha, dá pulinhos. Até a vovó está aqui e meu pai tinha razão, ela me ama como sou. Família de verdade é assim. Mesmo que em algum momento sejamos partidos, nós nos amamos como somos. Ela está mais próxima dos meus tios e adora a Julia — tanto por ajudar no processo de cura do tio Daniel quanto pelo neto lindo que lhe deu.

Estamos todos vacinados com as doses necessárias até então e ainda nos cuidando, ainda mais por nos amarmos muito.

Para nós, é um mundo diferente. É um lugar em que aprendemos a falar e nos escutar. Isso não quer dizer que não nos confrontemos de vez em quando. Quando há conversa e todos têm o direito de falar, o confronto pode ser algo bom. E tem sido.

Em geral, como humanidade, não sei o que vai dar e se teremos mudanças positivas. Esperamos que sim, é claro, mas aí depende de muito mais do que a nossa família.

Pessoalmente, estou apaixonada de novo, assim como meu tio disse que aconteceria. Eu ainda não contei a ela, mas... eu acho que ela me olha diferente, sabe? Como vi a Julia olhando para o tio Daniel, antes de os dois assumirem que se amavam.

Meu pai disse que é para eu ir com calma, que ele correu atrás do amor e que agora está esperando ser surpreendido. Ele é um cara muito legal. E, quando eu nasci, ele não era muito velho, tinha quase a mesma idade que tenho hoje. Ele disse que sou seu maior presente e é bom me sentir assim, mas quero vê-lo receber muitos presentes ainda. E verei.

A Julia sorri de um jeito tranquilo perto de nós. Sei que ela ainda se sobressalta quando um estranho se aproxima sem que ela espere. Mas quem de nós, mulheres, pode dizer que não se assusta assim? Aliás, se você conhece alguém que passa pelo que a Julia e a mãe dela passaram, defenda a mulher. Não espere até o pior acontecer. A qualquer sinal de abuso, denuncie. E tenha paciência com a mulher, dependendo do que ela viveu é difícil enxergar a realidade.

Decidi que quero ser psicóloga. Dã! Meio previsível para quem me acompanhou até aqui, né? O tio Dani disse que serei excelente ainda que não possa invadir a casa das pessoas e obrigá-las a reagir. Isso é realmente algo irritante! Será que no futuro teremos uma teoria naomiana que endossa que os psicólogos podem agir assim em casos extremos?

Ah, eu sei que eles não podem, mas você — amigo, pai, mãe, irmão, sobrinho, filho, vizinho — você pode. Se eu tivesse deixado meu tio lá em sofrimento, talvez ele nunca tivesse saído. Talvez... e ele já chegou a me confessar isso, ele teria dado fim à própria vida.

Eu sei que é difícil lidar com quem tem transtornos mentais ou com quem passa por uma grande dor. Mas se eu lidei com isso em meio a uma pandemia mundial, com apenas quatorze anos, você pode tirar um tempinho e verificar como está aquele seu amigo ou familiar que não sai muito do próprio mundinho.

Estamos bem agora. Somos privilegiados também. Sei disso. Temos acesso aos melhores tratamentos e isso é um diferencial. Gostaria que os cuidados com a saúde mental fossem acessíveis a todos. Sei que o SUS tem muitos programas, mas também sei o quanto é difícil procurar ajuda.

Mas acesso ao coração do outro todos nós temos — mesmo quando ele teima em se fechar — você pode ir lá assistir a uma série com ele. Ou apenas ficar quietinho, para que o outro saiba que não está sozinho e que a dor não durará para sempre, se ele cuidar dela.

Eu li em algum lugar que até mesmo o óbvio precisa ser dito. Eu vou além: o óbvio salva vidas. Enquanto eu invadia o espaço do meu tio, eu pedia socorro em silêncio. Nem um de nós estava bem e, juntos, pudemos seguir rumo a uma estabilidade mental.

Viver no mundo em que vivemos e ter estabilidade mental é quase um paradoxo, mas é possível se estivermos juntos.

Sabe aquela pessoa que você ama, seja ela da sua família ou não? Você já disse a ela que a ama e que ela importa?

Eu garanto a você: um gesto simples desse ou até mesmo uma palavra pode salvar uma vida.

Então é isso, viva e esteja presente para si e para o outro.

Esse é o segredo para uma vida melhor e, quem sabe, um mundo melhor.

Cuide do outro, cuide do mundo e cuide de você.

Primeiro de você para que possa estar bem, depois do outro.

E lembre-se: há sempre um coração atrás da porta.

AGRADECIMENTOS E INFORMAÇÕES IMPORTANTES

Agradeço a quem ficou ao meu lado quando tudo desabou. Agradeço aos meus amigos, por conseguirem me mostrar que eu vivia em círculos viciosos de relações abusivas.

Agradeço aos leitores que me acompanham há bastante tempo e sabem que tenho questões graves para ser tratadas. Infelizmente também vim de um lar disfuncional, apesar de meus pais terem optado por continuar casados. Crianças de lares disfuncionais e violentos estão mais sujeitas a viver relações abusivas, que muitas vezes as levam à morte, de um jeito ou de outro.

Nós confundimos ódio com amor, dominância com amor, violência com amor quando temos isso em casa desde pequeninos. Por mais que seja trabalhoso romper um padrão, você consegue se tiver uma rede de apoio e ajuda profissional. Nem sempre sua família entenderá, mas eles não vivem dentro da sua pele, então é você quem decide se e quando precisa de ajuda. Se hesitou aqui, as chances de precisar são grandes. Se negou com muita força, também.

Agradeço por ter acesso a psiquiatra e psicólogo, a princípio pelo SUS, depois particular.

Há profissionais excelentes no SUS. Você pode ter acesso a eles pela Unidade Básica de Saúde (UBS) do seu bairro e, se sua cidade tiver, pelo Pronto Socorro de Saúde Mental — atendimento 24 horas.

A pandemia mudou um pouco as coisas, já que o foco é o tratamento e vacinação da Covid-19, mas há meios de conseguir bons profissionais a preços acessíveis. É como faço.

Em São Paulo, existe o Dr. Consulta, que oferece consultas de várias especialidades, incluindo psiquiatria, por um preço bacana e que pode ser dividido em até quatro vezes.

Consulte se na sua cidade há clínicas que prestam esse tipo de serviço. Passei um tempo sem psiquiatra por não pesquisar.

Agora, para terapia e para o Brasil todo, existe o aplicativo Zenclub, entre outros. Falarei deste porque é o que uso. Você não precisa pagar para usar o aplicativo e ele lhe oferece uma série de perfis de terapeutas com os preços mais baixos que pesquisei. Aí você escolhe aquele cuja abordagem melhor se identificar com as questões que você quiser tratar.

Todos somos seres que, em um momento ou outro, precisamos de ajuda para melhorar, e não há vergonha nisso.

Se você está bem, mas conhece alguém que não esteja, seja por um transtorno mental ou relacionamento abusivo, procure passar essas informações que dividi com você.

Em caso de violência física, ligue 180.

Em caso de violência emocional, e em que você desconfie da física, ligue 180.

Nesse caso, é melhor pecar pelo excesso e salvar a mulher.

Eu já tive que buscar uma mulher cujo marido havia comprado uma arma e a estava ameaçando. Fui sozinha, porque tive receio de colocar meus filhos em risco. Eu fiz certo? Sim e não.

Eu devia ter ido, claro, mas com a polícia, ou pelo menos não sozinha.

Juntas somos mais fortes e há pessoas de confiança por aí. Sei de algumas que eu poderia ter chamado para ir comigo. Você certamente conhece as suas.

Enfim, repito: em caso de dúvida, salve a mulher. Falando sob o ponto de vista de uma que poderia não estar mais aqui e que precisou de muita coragem para sair e superar o que viveu: se eu consegui, você consegue.

A princípio, não tive família, não tive rede de apoio, não tinha ajuda psicológica e estava com meus dois filhos comigo.

Eu ainda não superei nem limpei todas as minhas feridas. Sigo caminhando com Julia e Daniel, mas, assim como aconteceu com eles, há uma leveza muito gostosa em minha vida desde quando passei a me cuidar, me compreender e me amar.

Crianças que não se sentiram amadas por um ou ambos os pais precisam de ajuda. O melhor seria que a tivéssemos enquanto crescíamos, mas, como isso não foi possível, agora que você cresceu e é o adulto responsável: procure ajuda, cuide e cure sua criança interior.

Essa história ajudou muito em meu processo de cura.

Agradeço à editora por continuar a acreditar em mim.

Aos meus filhos, por precisarem ter sido a minha Naomi por um tempo. Obrigada, meus amores. Agora sou eu quem cuida de vocês, como deve ser.

Aos leitores, por mergulharem e sentirem cada história.

Ah, e se quiser falar sobre o que sentiu com a leitura, procure-me pelas redes sociais.

Este livro foi composto na tipografia Adobe Garamond Pro,
em corpo 12/15,5, e impresso em
papel off-white no Sistema Cameron da
Divisão Gráfica da Distribuidora Record.